丁玲

我在霞村的時候

·

내가 안개마을에 있을 때

창비 세계문학

6

내가 안개마을에 있을 때

딩링

김미란 옮김

창비

차례

•

일러두기

1. 수록 작품 중 「내가 안개마을에 있을 때」 「병원에서」는 『丁玲作品新編』(人民文學出版社 2010)을, 「발사되지 않은 총알 하나」 「두완샹」은 『丁玲全集』(河北人民出版社 2001)을 번역 저본으로 삼았다.
2. 본문 중의 각주는 옮긴이의 것이다.
3. 외국어는 가급적 현지 발음에 준하여 표기하되, 일부 우리말로 굳어진 것은 관용을 따랐다.

내가 안개마을에 있을 때
我在霞村的時候

　정치부가 너무 소란스러웠기 때문에 모위 동지는 나를 인근 마을로 보내서 잠시 머무르게 했다. 사실 건강은 다 회복되었지만 조용한 곳에서 한동안 요양을 하도록 이미 결정이 난 상황이라 이참에 최근 석달 동안 쓴 글들을 정리하는 것도 괜찮을 듯싶어서 나는 삼십리 떨어진 안개마을로 가서 이주 정도 머무르겠다고 했다.

　선전과宣傳科의 한 여성 동지가 동행했는데, 그녀는 업무차 가는 모양이고 이야기하는 것도 좋아하지 않아서 나는 가는 내내 몹시 적적하였다. 게다가 그녀는 국민당 개조파 쪽 사람이라 마음도 그리 편하지 않았다. 우리는 오전에 출발했지만 해질녘이 다 되어서야 목적지에 도착했다.

　멀리서 마을을 바라보니 다른 동네와 별반 달라 보이지 않았다.

하지만 이 마을에는 아직 훼손되지 않은 아름다운 천주교 예배당과 작은 소나무 숲이 있다는 것과, 내가 산언저리의 소나무 숲 근처에 묵게 될 것이며 그곳에서 예배당이 곧바로 내려다보인다는 것은 알고 있었다. 이제 산언저리에 나란히 몇 줄로 늘어선 토굴집과 그 위로 펼쳐진 푸른 숲을 보고 나니, 나는 이 마을이 몹시 마음에 들었다.

동행하는 여성의 설명을 들으며 나는 마을이 아주 북적거릴 거라고 생각했다. 그런데 우리가 마을 입구에 들어섰을 때는 어린아이 한명, 개 한마리조차 보이지 않았고 마른 나뭇잎만 바람에 날려 올라가다 얼마 못 가 툭 떨어지곤 했다.

"전에는 여기에 소학교가 있었는데 작년에 일본 놈들이 온 뒤로 부서졌어요. 보세요, 저 계단이 큰 교실이 있었던 자리예요."

설명을 하는 아구이(나와 동행한 여성이다)는 낮에 침묵하던 것과 달리 다소 흥분한 듯 보였다. 그녀는 다시 텅 빈 뜰을 가리키며 말했다.

"일년 반 전에 여기는 정말 북적거렸어요. 동지들이 저녁을 먹고 나면 매일 여기에서 공을 차곤 했었지요."

그리고 그녀는 다급하게 덧붙였다.

"어째서 오늘은 여기 아무도 없지? 우리 먼저 마을회의소로 갈까요, 아니면 산으로 올라갈까요? 우리 짐이 어디로 배달됐는지도 알 수가 없네. 어쨌든 먼저 좀 알아보는 게 좋겠네요."

마을회의소의 정문 벽에는 흰 종잇조각이 아주 많이 붙어 있었고, 거기에는 'XX회 사무처' 'XX회 안개마을 분회' '……'라고 쓰여 있었다. 하지만 정작 안으로 들어가니 조용해서 사람 기척을 찾을 수 없었고 빈 사무실에 탁자만 어지럽게 널려 있었다. 우리가 어리둥절해하고 있던 차에, 어떤 사람이 황급히 뛰어들어왔다. 그는 나를 쳐다보고는 뭔가 물어보려다가 말을 삼키고 다시 뛰어나가려 했다. 우리는 그를 불러세웠다.

그는 우리가 묻는 말에 마지못해하며 하나하나 대답했다.

"우리 편 말인가요? 모두 마을 서쪽 입구로 갔어요. 짐이요? 음, 있었죠. 산 위에 진작 갖다놨어요. 거기가 류얼마[1] 씨 댁이에요."

대답을 하면서 그는 우리를 관찰했다.

그가 농민구국회 사람이라는 것을 알고 나서야 우리는 그에게 산 위까지 동행해달라고 요청했고 아울러 내가 이곳 동지에게 쓴 쪽지도 전해달라고 했다.

그는 쪽지는 대신 전해주겠지만 함께 가는 것은 싫다며 귀찮아하는 태도를 보이더니 우리를 내버려둔 채 혼자 달려가버렸다.

거리도 고요했다. 몇몇 집은 문을 닫아걸었고 몇 집은 열려 있었는데 내부가 칠흑같이 어두워서 우리는 사람을 구경조차 할 수 없었다. 다행히 아구이가 마을 사정에 밝은 편이어서 나를 안내해 산 위로 올라갔는데, 그때 이미 어둠이 내리고 있었고 겨울 햇살은 정말로 순식간에 사라지고 없었다.

높지 않은 산을 기슭을 따라 올라가다보니 돌을 파내 만든 들쑥

---

1 뜻을 풀어 번역하자면 '류씨 집안 둘째 며느리'이나, '~집안 첫째 며느리' '~댁 둘째 며느리' 하는 식으로 부르는 것이 이름처럼 통용되는 호칭이라 원어 표기를 그대로 살려 옮겼다.

날쑥한 토굴집이 아주 많았는데, 마당에는 사람들이 서서 먼 곳을 바라보고 있었다. 아구이는 아직 도착하지 않았다는 걸 뻔히 알면서도 사람을 만나기만 하면 물었다.

"류얼마 씨 댁이 이리로 가는 거 맞나요?"

"류얼마 씨 댁은 얼마나 더 가야 하죠?"

"류얼마 씨 댁에 가려면 어떻게 가야 하는지 좀 알려주세요."

때로는 이렇게 물었다.

"류얼마 씨 댁에 짐이 도착하는 걸 보셨나요? 류얼마는 집에 계신가요?"

대답들은 하나같이 만족스러웠고, 그처럼 만족스런 대답들이 가장 멀고도 높은 지대에 있는 류얼마 씨 댁에 도착할 때까지 이어졌다. 강아지 두 마리가 맨 먼저 우리를 반겼다.

그 뒤로 한 사람이 나오며 누구냐고 물었다. 내가 왔다는 이야기를 듣더니 다시 두 사람이 나와 등을 받쳐 들고 우리를 어느 집 마당으로 안내했다. 동향東向의 토굴집이었는데, 토굴 안은 휑뎅그렁하였으며 창 쪽으로 난 온돌 위에 돌돌 말아놓은 내 이불 짐과 작은 가죽 트렁크가 겹쳐져 쌓여 있었고 아구이의 이불 보따리도 그곳에 있었다.

그곳에는 아구이를 아는 사람이 있었는데, 그녀의 손을 잡고 이것저것 묻더니 아예 데리고 나가버렸다. 나는 어쩔 수 없이 혼자 방에 남아 이불을 정리했다. 막 누우려던 찰나에 그들이 다시 몰려들어왔다. 젊은 며느리는 국수 한 그릇을 손에 들었고 아구이와 류얼마, 한 여자애가 밥공기와 젓가락, 파와 고추가 담긴 접시를 가지고 들어왔는데, 여자애 손에는 붉게 타고 있는 등잔도 들려 있었다.

그들은 나에게 국수를 먹으라고 다정하게 권하며 내 두 손과 양 어깨를 쓰다듬었다. 류얼마와 며느리는 모두 온돌 위로 올라와 앉았다. 그들은 은밀한 분위기를 풍기며 한창 이야기하던 문제로 돌아가 다시 대화를 주고받기 시작했다. 처음에 나는 그들이 이상스럽게 여기는 게 나인 줄 알았다. 그러나 차츰 그게 아니라 어떤 한 가지, 그들이 논의하던 대화 주제에 계속 몰두해 있음을 깨달았다. 그냥 앞뒤 없이 몇 마디씩 듣고 있으려니 도무지 무슨 이야기인지 알 수가 없었다. 더군다나 이야기를 할 때 마치 누가 들을까 겁이라도 난다는 듯이 류얼마는 줄곧 목소리를 낮추어 귓속말을 했다. 아구이는 아주 딴사람이 되어 있었다. 무슨 일이든 척척 해내는 수완가처럼 말도 잘했고, 다 이해한다는 몸짓을 하며 상대가 이야기하는 내용의 핵심을 다 파악했다는 표정을 지어 보이기도 했다. 나머지 두 사람은 그다지 말이 많지 않았고 어쩌다 한두 마디 보탰지만 온 정신을 집중해서 듣는 것이, 마치 한 마디라도 빠뜨릴까봐 몹시 두려운 듯했다.

갑자기 마당에서 한바탕 시끌벅적한 소리가 들렸다. 얼마나 많은 사람이 동시에 말하는지, 또 얼마나 많은 사람이 몰려들었는지 알 수가 없었다. 류얼마와 그 일행은 당황하여 다들 온돌에서 내려와 밖으로 달려나갔고 나 역시 영문도 모른 채 사람들을 따라 밖으로 달려나가보았다. 마당은 칠흑같이 어두웠고 붉은 종이로 만든 두개의 등만이 사람들 사이에서 흔들리고 있었다. 나는 사람들 틈을 비집고 들어갔으나 아무것도 보이지 않았고 그들도 딱히 특별한 이유 없이 서로 밀치고 있을 뿐이었다. 다들 뭔가 말하고 싶어 하는 듯했지만 다들 또 별말은 하지 않고 극히 간단한 대화만을 주고받았고 그런 대화들은 사람을 더 혼란스럽게 했다.

"위와, 당신도 왔네?"

"봤어?"

"봤지. 난 좀 무섭던데."

"무섭기는, 그래봤자 사람인데. 더 예뻐졌더구먼."

나는 처음에 누구네 집에서 신부를 맞아들이나보다 생각했는데 그들은 그게 아니라고 했다. 그렇다면 포로가 잡혀 왔나 했더니 그것도 아니라고 했다. 사람들을 따라가 중간쯤에 있는 토굴집 입구에 다다르니 토굴 안은 사람들로 발 디딜 틈이 없는데다 연기가 뿌옇게 끼어 앞도 잘 보이지 않아 나는 다시 밖으로 나올 수밖에 없었다. 사람들이 점차 돌아가기 시작했는지 마당에는 한결 빈 공간이 많아졌다.

나는 잠이 오지 않아 등불 아래에서 다시 작은 트렁크를 정리하며 연습용 공책과 사진 들을 뒤적거리다가 연필 몇 자루를 깎았다. 좀 피곤하기는 했지만 오히려 새로운 생활이 시작되기 전의 설렘이 느껴졌다. 일정을 안배하면서 내일부터는 규칙적으로 생활해야겠다고 생각하던 바로 그때, 문밖에서 남자 목소리가 들려왔다.

"아직 안 주무세요, ×× 동지?"

내가 미처 대답하기도 전에 그가 방으로 들어왔다. 스무살 남짓한 시골 사람으로 자못 점잖아 보이는 청년이었다.

"모 주임의 편지는 진작 받아 보았습니다. 이 마을은 비교적 조용한 편이어서 안심하셔도 됩니다. 또, 제가 있으니까 필요한 게 있으면 뭐든지 류얼마에게 이야기하시면 됩니다. 모 주임은 당신이 여기에 아주 머물 거라고 했는데, 좋구요, 만약 지내기 괜찮으시면 한동안 더 머무르셔도 좋습니다. 저는 옆 마을에, 아래쪽 저기 토굴집 몇개가 붙어 있는 마을에 살고 있으니까, 일이 있으면 이 동네 사람에게 저를 불러달라고 하세요."

그는 온돌 위로 올라와 앉으려 하지 않았고 바닥에는 의자도 없었기 때문에 내가 온돌 아래로 내려갔다.

"아, 당신이 마 동지군요. 내가 당신에게 보낸 쪽지를 받았나요? 앉아서 얘기하시죠."

나는 그가 이 마을의 책임자로서 중학교를 중퇴했음을 알고 있었다.

"그 사람들이 당신이 책을 아주 많이 썼다고 제게 말했는데, 이 동네에서는 구할 수가 없네요. 전 구경조차 못했어요."

온돌 위에 열려 있는 작은 트렁크를 건너다보며 그가 말했다.

우리는 화제를 바꾸어 이곳의 학습 상황에 대해서 이야기를 나누었는데 그가 갑자기 이렇게 말했다.

"며칠 쉬시고 나면 저희가 당신에게 보고해달라고 요청할 겁니다. 대중적인 것도 괜찮고 훈련반용이어도 좋은데, 어쨌든, 반드시 저희를 도와주셔야 됩니다. 우리 마을에서 가장 어려운 사업이 '문화오락'이어서요."

나는 이런 청년들을 전방에서 너무나 많이 봐왔다. 그들을 처음 접했을 때는 늘 감탄스러웠고 나와는 좀 다른 이 청년들이 다들 정말 너무나 빨리 변화한다고 생각했다. 나는 다시 화제를 돌렸다.

"방금 전에 그 사람들, 무슨 일이 있었어요?"

"류다마[2]의 딸 전전이 돌아왔어요. 뜻밖에도 그애가 대단한 인물이 되었지요."

순간 나는 그의 눈동자 속에서 여러가지를 읽어낼 수가 있었다. 유쾌하고 정열적인 빛이 뿜어져 나오고 있었다.

내가 더 물어보려는데 그가 먼저 나서서 보충 설명을 해주었다.

"그애는 일본군 '거기'에서 돌아왔는데, 이미 일년 넘도록 일을 했어요."

"아!"

나는 나도 모르게 놀라 비명을 질렀다.

그는 나에게 뭔가 더 이야기를 하려고 했으나 누군가 밖에서 그를 부르는 바람에 마지못해 일어서며 내일 자기가 반드시 전전더러 나를 찾아가라고 하겠다고 말했다. 그리고 나에게 조심하라는 듯이 전전 그애에게는 '이야깃거리'가 틀림없이 많을 거라고 덧붙였다.

아구이는 밤늦게 돌아와 잠자리에 들었다. 그녀는 침대에서 이리저리 뒤척이며 잠을 이루지 못하고 연신 깊은 한숨만 쉬었다. 나는 이미 피로가 극에 달했지만 그래도 그녀가 오늘 밤 무슨 일로 늦게 돌아오게 되었는지 더 이야기해주기를 바랐다.

"아뇨, ×× 동지! 너무 괴로워서 난 얘기할 수가 없어요. 내일

---

2 '류씨 집안 첫째 며느리'임.

말해줄게요. 아, 우리 여자들이 정말로 무슨 죄가 그리 많다고!”

그러더니 그녀는 이불을 뒤집어쓰고는 꼼짝하지 않은 채 더이상 탄식도 하지 않아, 나는 그녀가 언제 잠들었는지도 알 수 없었다.

이튿날 아침 나는 집 밖에서 산책을 하다가 별생각 없이 마을 아래쪽으로 걸어내려가게 되었다. 어느 잡화점에 들어가 잠깐 쉬면서 거기에서 파는 대추를 듬뿍 샀다. 류얼마네에 선물로 주고 죽에 넣어 드시라고 할 생각이었다. 그런데 잡화점 주인이 내가 류얼마네에 머문다는 이야기를 듣더니 갑자기 작은 눈을 더 가느다랗게 오므려 뜨고 구미가 당긴다는 듯 나지막이 물었다.

“그 조카딸을 당신도 봤우? 병이 심해서 코까지 문드러졌다고 하던데, 그게 다 그놈들한테 능욕당해서 그런 거라지요.”

주인은 고개를 돌려 계산대 안쪽 입구에 서 있던 마누라를 보며 말을 이었다.

“무슨 낯짝으로 집으로 돌아온 건지. 그게 다 그 애비 류푸성의 업보가 아니고 뭐겠어.”

“그 계집애는 원래부터 소문이 무성했어요. 어릴 때부터 일없이 길거리를 이리저리 쏘다니는 거 당신도 봤잖아? 그 아이가 샤다바오랑 그렇게 뜨거운 사이였죠? 샤다바오가 가난하지만 않았더라면 진작 개한테 시집가지 않았겠어요?”

가게 주인의 마누라가 옷자락을 끌어올리며 걸어나왔다.

“소문 참 대단했지.”

남자는 얼굴을 돌려 다시 대화에 끼어들었다. 이제 눈을 깜빡거리지도 않았고 오히려 근엄한 표정을 짓고 있었다.

"최소한도로 잡아도 백명의 남자와 '잤다'고 하던데. 흥, 게다가 일본 군관의 마누라 노릇까지 하고. 그런 부도덕한 여자는 돌아오지 못하게 했어야 돼."

나는 분을 참으며, 그와 말다툼을 하고 싶지 않아 나와버렸다. 뒤돌아보지는 않았지만 그가 또 그 가자미눈을 깜빡거리며 내 뒷모습을 득의양양하게 바라보고 있는 것이 느껴졌다.

천주교 예배당 모서리까지 걸어왔을 무렵, 물을 긷던 두 여자가 주고받는 이야기가 들려왔다. 그중 한 사람이 말했다.

"그리고 루 신부님을 찾아가서 꼭 수녀가 되어야겠다고 했대. 루 신부가 이유를 물었더니 대답은 않고 울기만 했다지. 거기에서 무슨 짓을 했는지 다들 알고 있는데, 이제는 다 해어진 신발[3]보다도 못하게 되어가지고는……"

다른 한 사람이 말했다.

"어제 그 사람들이 나한테 말해줬는데, 길을 걷는데 다리를 절뚝거리더래. 어이구, 도대체 무슨 낯짝으로 사람들을 보겠다는 건지!"

"누가 그러는데, 그애 손가락에 아직도 금반지가 끼워져 있는데, 그게 그놈이 준 거라는구먼!"

"하긴, 아주 멀리 다퉁까지 가서 견문을 넓혀가지고 그놈들 말도 할 줄 안다고 하더라고."

산책을 하다가 불쾌해진 나는 그만 집으로 돌아와버렸다. 아구

---

3 '포셰'(破鞋). 성경험이 많은 여성을 멸시하는 표현.

이는 이미 외출했기 때문에 토굴집에 혼자 앉아 소책자를 읽었다.

책에서 눈을 떼어 주위를 둘러보니 방 가장 안쪽 구석에 세워놓은 식량 꾸러미 두개가 눈에 들어왔다. 자루 색깔이 꼭 벽처럼 검은 것이 퍽이나 오랜 역사를 간직한 모양이었다. 바람에 떨고 있는 창문의 문풍지 한 귀퉁이에 구멍을 내니 회색빛 하늘과 (이미 어젯밤 도착할 때의 날씨가 아니었다) 깔끔하게 비질을 한 흙마당이 보였다. 마당 끝에는 나무가 죽은 듯이 고요한 납빛 하늘을 성글게 가로지르며 뻗은 마른 가지를 달고 있었다.

뜰에는 사람 기척이 전혀 없었다.

나는 다시 작은 트렁크를 열어 종이와 펜을 꺼내 편지를 두통 썼다. 그런데 아구이는 왜 안 돌아오는 걸까? 나는 그녀가 볼일이 있다는 것을 잊어버린데다, 계속 나와 함께 머무를 거라고 생각했던 것이다.

원래 겨울 하루는 짧은 법인데, 그날은 오히려 여름의 하루보다 더 길게 느껴졌다.

잠시 후 아구이가 밖으로 나오는 것이 보였다. 나는 온돌에서 뛰어내려 문밖으로 나가 그녀를 불렀지만 그녀는 한번 웃어 보이고는 다른 토굴집으로 뛰어가버렸다. 내가 마당을 두바퀴째 돌고 있을 때 천주교 예배당이 있는 숲으로 날아가는 참매 한마리가 눈에 띄었다. 그 정원 안쪽으로는 거목이 아주 많았다.

다시 마당 안을 어슬렁거리다 오른쪽 막다른 곳에 이르렀는데, 흐느끼는 소리가 들려왔다. 여자 소리였는데 감정을 억누르다가 연신 코를 풀기도 하였다.

나는 생각을 털어버리려고 애썼다. 지금 여기에 온 목적과 계획은 무슨 일이 있어도 충분히 휴식을 취하고 스스로 정한 일정에 따라 생활하는 것을 몸에 익히기 위해서임을 되뇌며 내 방으로 돌아왔다. 하지만 이미 잠도 다시 들 수 없었고 글을 쓰는 것도 따분하게 느껴졌다.

다행히도 얼마 후 류얼마가 나를 보러 왔다. 그녀가 들어오는데 아구이도 함께였고 그 뒤로 며느리도 따르고 있었다.

그들은 모두 내 방 온돌 위에 올라와 작은 화로를 둘러싸고 앉았다. 아구이는 좁은 온돌방에 놓인 탁자 위로 늘어놓은 내 소지품들을 하나씩 훑어보았다.

"그때는 누가 누구를 돌봐줄 상황이 전혀 아니었어요."

류얼마는 일년 반 전 그놈들이 안개마을에 쳐들어왔을 때의 이야기를 하였다.

"우리 집은 산꼭대기 높은 데 있어서 상황이 그나마 나은 편이라 빨리 도망칠 수 있었지만 아랫마을 사람들 중에는 도망조차 못 간 사람들이 많았어요. 운명은 정해져 있었는지, 다들 빨리 가거나 늦게 가거나 했는데, 우리 집 전전은 그날 하필 천주교 예배당으로 도망을 갔답니다. 나는 그애가 외국인 신부를 찾아가서 수녀가 되겠다고 했다는 사실을 나중에 알았어요. 그때 전전이 동네에서 소문이 안 좋아서 그애 아버지가 전전을 대신해서 시류촌에서 방앗간을 하는 조그마한 점포 주인에게 혼담을 넣었거든요. 서른이 다 된 남자의 후처 자리였는데 살림이 안정되어 있어서 우리 집에선 다 좋다고 했는데 전전 그애는 싫다면서 제 아버지 앞에서 울곤 했어요. 그애 아버지는 다른 건 다 전전이 하자는 대로 했는데 유독 그 일만은 양보를 안했어요. 큰아주버님에게는 아들도 없어서 전전을 좋은 데로 시집보내고 싶었던 거지요. 그런데 전전이 토라져서 천주교 예배당으로 달려가버리고 순식간에 그 험한 꼴을 당했지 뭡니까. 그애 엄마 아빠가 가슴이 어떻게 안 아프겠냐구요……”

“울던 사람이 전전 엄마인가요?”

“맞아요, 그애 엄마.”

“그럼 전전은요?”

“전전 걔는 도무지 철이 안 들어서 어제 돌아와서는 한바탕 울더니 오늘은 기분이 풀렸는지 신이 나서 회의에 가더라구요. 겨우 열여덟살밖에 안됐거든요.”

“소문에 일본 사람의 부인이었다던데, 정말인가요?”

“그것도 뭐라고 말하기가 어려워요. 우리도 잘 모르는데다가 소문이라는 게 원래 부풀려진 게 많으니까. 하지만 몸은 이미 병에 걸렸어요. 사실 어떻게 그런 데서 몸을 깨끗하게 건사할 수 있겠어요? 조그만 점포 주인과의 혼담도 틀어졌는데, 누가 일본 놈이 건드린 여자를 얻겠냐구요! 병에 걸린 것은 틀림없어요. 어젯밤에 그애가 자기 입으로 그렇다고 했으니까. 그런데 이번에 온 뒤 보니까 애가 정말로 변했어요. 일본 놈들 얘기를 마치 밥 먹듯 하더라구요. 겨우 열여덟살밖에 안됐는데 벌써부터 창피하다는 것 자체를 모르더라구요.”

“샤다바오가 오늘 왔다 갔어요, 어머니!”

며느리가 작게 속삭이면서 탐색하는 듯한 표정으로 류얼마를 바라보았다.

"샤다바오가 누구예요?"

"아랫마을 방앗간에서 일 보는 젊은이인데, 어려서 우리 전전이 랑 한 학년 동안 같이 공부했어요. 둘이 아주 잘 지냈는데 그 아이 네 집이 가난했고, 심지어 우리보다도 더 못살았지요. 게다가 그 젊 은이는 품행이 단정해서 선뜻 어쩌지를 못하고 있었는데, 우리 전 전은 마음을 온통 빼앗겨서 언제나 그 젊은이 주위를 맴돌면서 툭 하면 대담하게 나서지 않는다고 그애를 탓했어요. 수녀가 되겠다 고 한 것도 그 젊은이를 위해서 그런 게 아니겠어요. 전전이 일본 놈한테 당한 뒤로 그 젊은이는 늘 찾아와서 우리 집 두 노인네를 만나려고 했어요. 처음에 큰아주버님은 그 젊은이를 보기만 하면 버럭 화를 내고 욕을 퍼붓고 했는데, 젊은이는 아무 말 없이 욕을 먹고 돌아갔다가 이튿날 또 찾아왔어요. 정말 양심이 바른 아이이 고 지금은 자위대에서 소대장을 하고 있어요. 그 젊은이가 오늘 또 왔대요. 아마 큰형님에게 혼담을 꺼내러 온 모양인데, 큰형님이 우 는 것을 보고는 그 젊은이도 울면서 돌아갔다고 하네요."

"그 젊은이가 조카의 사정을 아나요?"

"어떻게 모르겠어요. 이 동네에선 모르는 사람이 없고 다들 우리 식구보다 더 자세하게 알고 있어요."

"어머니, 사람들이 다 샤다바오더러 바보라고 해요."

"음, 정말 양심이 있는 젊은이예요. 우리는 그 혼담이 성사되었 으면 좋겠어요. 일본 놈들이 온 뒤로 누가 돈이 더 있고 말고 자체 가 없어졌잖아요. 두 내외의 말투를 보니까 허락한 것 같기는 한데,

아이고, 그 젊은이가 아니면 누가 데려가려고 하겠어요? 병에 걸린 것은 차치하고 평판이 나빠질 대로 나빠졌으니.”

“짙은 남색 짧은 면 윗도리에 고동색 테를 두른 펠트모자를 쓴 사람이 바로 그 사람이에요.”

아구이가 호기심 어린 눈을 반짝이며 내막을 아주 잘 안다는 듯이 말했다.

기억 속에서 그런 차림새를 한 청년이 한명 떠올랐다. 오늘 새벽에 산책을 나갔을 때 그런 젊은이를 보았는데, 영리하면서도 착실해 보이는 얼굴이었다. 청년은 마당 바깥에 서 있었지만 들어오려는 기색은 전혀 없었다. 돌아올 즈음에도 그가 뒤편 소나무 숲에서 걸어나오는 것을 보았다. 나는 그저 여기 정원이나 이웃에 사는 사람이려니 했기 때문에 딱히 주의 깊게 보지 않았는데, 다시 떠올려보니 확실히 몸집은 작지만 민첩하고 아주 괜찮은 청년이었던 것 같다.

휴양하겠다는 나의 계획은 이루어지기 어려울 것 같다. 왜 이렇게 머릿속이 어지러울까? 뭔가를 보려고 굳이 애쓰지 않아도 나의 환상 속 이야기는 갈수록 늘어나고 있었다.

아구이는 내 심사를 훤히 알겠다는 표정을 지으며 나를 향해 싱긋 웃어 보이더니 나가버렸다.

나는 그녀의 뜻을 알아채고 온돌방을 한차례 정리했다. 이불과 등, 화로가 모두 한결 밝아진 듯 보였다. 내가 막 찻주전자를 화로에 올리려는 순간에 예상한 대로 아구이가 벌써 문 앞까지 돌아와 있었고 그 뒤로 누군가 따라오는 소리가 들렸다.

"손님 왔어요, ×× 동지!"

아구이가 말을 채 마치기도 전에, 누군가가 키득대며 '히힛……' 하고 웃는 소리가 났다.

방 입구에서 나는 이 결코 친숙하지 않은 사람의 손을 꽉 쥐었다. 그녀의 손이 불덩이처럼 뜨거워서 나는 흠칫 놀라지 않을 수 없었다. 그녀는 아구이를 따라 온돌 위로 올라왔는데 등 뒤로는 땋은 머리가 길게 내려뜨려져 있었다.

내게는 지독하게 음울하게 느껴지는 토굴집이 이 새 방문객에게는 오히려 신선했는지 그녀는 호기심 가득한 눈빛으로 사방을 살펴보았다. 그녀는 내 맞은편에 몸을 약간 뒤로 젖힌 채 앉아, 양 팔을 벌려 깔고 앉은 이불을 누르고 있었는데, 딱히 뭐라 말하려는 것 같지는 않았지만 결국에는 눈동자를 내 얼굴에 편안하게 고정시켰다. 그림자가 드리우니 그녀의 눈매는 더 길고 아래턱은 뾰족해 보였다. 짙은 그림자에 가려 있었지만 눈동자는 오히려 등잔불의 빛에 반사되어 더 맑게 빛나, 마치 여름날 바깥채에 훤하게 나 있는 두개의 창문처럼, 담백하고 티 없이 맑았다.

나는 어떻게 해야 그녀의 상처를 건드리거나 자존심을 상하게 하지 않으면서 대화를 시작할 수 있을지 알 수 없었다. 우선 주전자에서 이미 뜨겁게 우러난 차를 한 잔 따랐다.

"선생님은 남방 사람이지요? 제가 보기에는 그래요. 우리 성_省 사람 같아 보이지 않거든요."

뜻밖에 전전이 먼저 말을 건넸다.

"남방 사람을 많이 만나봤니?"

나는 그녀가 신이 나서 이야기할 때 맞장구를 쳐주는 게 최선일 것 같다고 생각했다.

"아니요."

그녀는 고개를 가로저으며 여전히 나를 바라보고 있었다.

"고작 몇명 봤을 뿐이지만 아무튼 뭔가 달라요. 나는 그곳 사람이 좋아요. 남방 여자들은 우리와 다르게 공부를 아주 많이많이 할 수 있잖아요. 선생님에게 배우고 싶은데, 좀 가르쳐줄 수 있어요?"

내가 그러겠다고 답하자 갑자기 이렇게 말했다.

"일본 여자들도 다들 공부를 아주 많이 했어요, 일본 병사 놈들조차도 다들 아주 예쁘게 쓴 편지를 몇통씩 가지고 있었는데, 자기 아내가 보내온 것도 있고 애인이 보낸 것도 있고 모르는 아가씨들이 써 보낸 것도 있었어요. 어떤 것은 사진과 함께 닭살 돋는 말도 적혀 있었는데, 그게 그 사람들의 진심인지 아넌지는 모르겠어요. 어쨌든 그 일본 놈들을 한껏 추어올려놓은 편지들이라 보물처럼 가슴에 품고들 있었어요."

"전전이 일본 말을 할 수 있다고 하던데, 정말이야?"

그녀의 얼굴에 얼핏 창피해하는 빛이 나타나는가 싶더니 이내 아무렇지도 않다는 듯 말을 이어갔다.

"너무 긴 시간이었어요, 왔다 갔다 하기를 일년 넘게 하다보니 조금 할 수 있게 됐어요. 그 사람들이 뭐라고 말하는지 알아들을 수 있으니까 도움이 많이 됐어요."

"그 사람들을 따라서 여러 곳을 돌아다녔니?"

"항상 한 부대만 따라다닌 건 아니에요. 사람들은 날더러 일본군

장교의 부인이 되어 부귀영화를 누렸다고 하는데, 사실 나는 두번 돌아왔었고 이번까지 치면 세번째예요. 돌아온 뒤에도 자꾸 파견되었지만 어쩔 수가 없었어요.[4] 내가 그곳에 대해 잘 아는데다 중요한 일이라 일시적으로 다른 사람으로 대체할 수도 없었거든요. 지금 그들은 더이상 나를 파견하지 않고 내 병을 치료해주려고 해요. 괜찮아요. 나도 우리 엄마 아빠가 걱정이 되어서 만나보려고 돌아온 거니까. 그런데 엄마는 어떻게 해야 할지 모르겠어요. 내가 없어도 울고 돌아와도 또 우시니까.”

“참 고생 많이 했겠네요.”

“전전이 고생한 것은 상상도 할 수 없을 정도예요.”

아구이는 고통스러운 표정을 지으며 금방이라도 울음을 터뜨릴 듯 말했다.

“여자로 태어났다는 게 재앙이야. 전전, 계속 이야기해봐.”

아구이는 더 바짝 다가앉아 그녀의 몸에 착 달라붙었다.

“고생이요,”

전전은 아득한 일을 회상하는 듯했다.

“지금도 뭐라고 분명하게 말할 수가 없어요. 어떤 일은 당시에는 고통스러웠는데 지금 생각해보면 별일도 아니고, 어떤 일은 그때는 그냥 대충대충 지나갔는데 떠올릴수록 마음이 아프니까요. 일년 남짓한 시간, 이제는 지나가버린 일들이에요. 그런데 이번에 돌

---

4 항일전쟁 시기에 중국공산당은 이른바 ‘포섭’들을 첩보전에 적극적으로 활용했는데, 특히 1940년을 전후하여 활발했다. 전전 역시 일본군에게 ‘위안부’로 끌려갔다 돌아왔지만 공산당에 의해 계속 ‘파견’되었던 일에 대해 말하고 있다.

아와보니까 많은 사람들이 다 나를 이상하다는 눈으로 바라봤어요. 바로 이 마을 사람들이요. 다들 나를 딴사람 대하듯이 했는데, 다정하게 대하는 사람도 있고 회피하는 사람들도 있었어요. 심지어 집안 식구들도 다 같지가 않았어요. 다들 나를 흘끔흘끔 훔쳐보았고 아무도 나를 원래의 전전으로 봐주지 않았어요. 내가 변했나, 이리저리 생각해봐도 나는 전혀 달라진 게 없는데, 굳이 말을 하자면, 마음이 좀 독해졌겠죠. 사람이 그런 데서 살다보면 마음이 모질어지지 않으면 안되니까요, 그리고 달리 방법이 없었기 때문에 몰려서 그렇게 된 거였잖아요!"

병에 걸린 흔적을 전혀 찾을 수 없이 그녀의 얼굴은 발그레하게 윤기가 돌았고 목소리는 맑고 또렷해서 부자연스럽거나 거칠어 보이지도 않았다. 조금도 과장해서 말하지 않았기 때문에 그녀가 무슨 불평을 늘어놓거나 청승을 떠는 것으로 들리지가 않았다. 나는 그녀의 병에 대해 물어보지 않을 수가 없었다.

"사람은 다 결국 그런 것 같아요. 설사 더 험한 곳으로 갔더라도 이럴 수밖에 없지 않았을까요? 머리를 꼿꼿이 들고 허리를 쭉 펴고 버티면서 설마 죽기야 하겠느냐고 하면서요. 나중에 나는 우리 편이랑 연락이 되어서 더 대담해졌어요. 일본 놈들이 나에게 나쁜 짓을 한 뒤에 패배하고 유격대가 사방에서 활동하면서 인심이 하루하루 나아지는 것을 보고는 내가 고생을 좀 하는 것이 그럴 만한 가치가 있다는 생각이 들어서 어떻게든 살 길을 모색했어요. 정말 길이 없는 경우라면 어쩔 수 없지만, 살더라도 의미 있게 살고 싶어졌어요. 그래서 그들이 병을 고쳐주겠다고 말했을 때, 나도 그게 낫겠다고 생각했고 병이 나으면 훨씬 좋아질 거라고 생각했지요. 그리고 그 당시에는 병이 별로 대단치 않았어요. 장자 역을 지나 오면서 이틀을 머물렀는데 그때 그들은 나에게 두 차례 주사를 놔주고 먹을 약을 좀 주었어요. 그런데 올해 가을이 되자 병이 심하게 도지더니 사람들 말로는 내 뱃속이 문드러졌다고 했는데, 다시 돌아와서 급하게 알려야 할 소식이 하나 있었어요. 대신해줄 사람을 찾지 못해서 그날 밤 어둠 속을 더듬으며 혼자 삼십리 길을 돌아왔는데, 한 걸음 내디딜 때마다 너무나 아파서 주저앉아 더는 건고 싶지 않다는 생각뿐이었어요. 만약 다급하지 않은 일이었다면 나는 틀림없이 오지 않고 그냥 돌아갔을 거예요. 하지만 이건 그럴 수가 없는 일인데다, 에잇, 일본 놈들한테 발각될까봐 무서웠고, 또 제시간 안에 도착하지 못할까봐 걱정이 됐어요. 돌아와서는 꼬박 일주일 동안 잠들었다가 몸을 추슬러 다시 일어났지요. 사람이 죽는 것도 참 쉬운 일은 아닌 거 같아요, 그렇지 않나요?”

그녀는 대답을 기다리지 않고 다시 이야기를 이어갔다.

이따금씩 그녀는 말을 멈추기도 했는데, 우리를 바라보거나 우리 얼굴에서 무언가 반응을 읽어내거나 그녀가 다른 사념에 빠져들 때 그랬다. 전전보다 아구이가 더 힘들어 보였다. 아구이는 이야기를 듣는 내내 말이 없었고 어쩌다가 몇 마디 하더라도 그것은 자신이 무한한 동정심을 느끼고 있음을 표현하기 위해서였다. 하지만 그녀가 침묵하고 있을 때는, 전전의 이야기로 인해 오히려 그녀 자신이 겁에 질리거나 영혼이 짓눌린 듯했고 전전이 과거에 겪은 고통들을 고스란히 겪는 듯이 보였다.

내가 보기에 정작 이야기하는 사람은 상대방에게 동정심을 일으키려는 의도가 없어 보였다. 그러나 듣는 사람은 그녀를 위해 그 댓가를 나누어 치르려고만 하였고, 그녀는 자신이 그렇게 하고 있음을 알지 못하고 있는 것 같았다. 이런 상황이 가슴을 더 아프게 했다. 만약 전전이 자신의 내력을 이야기할 때 지금처럼 덤덤하고 평온하게, 심지어 마치 남 이야기를 하는 것처럼 말하지 않고 한바탕 통곡이라도 쏟아내서 그걸 들어주고 있었다면, 그래서 듣는 이도 그녀와 함께 울었다면, 틀림없이 훨씬 견디기 쉬웠을 것이다.

결국에는 아구이가 울음을 터뜨렸고 전전이 오히려 그녀를 달랬다. 애초에 나는 전전에게 할 이야기를 여러가지 생각해두었지만 입을 열 수가 없었다. 나는 계속 침묵하기로 마음먹었다. 나는 그녀가 가고 나서 등불 아래에서 한시간 동안 억지로 책을 읽었다. 바로 옆에서 자고 있는 아구이에게도 눈길 한번, 말 한마디 건네지 않았다. 그녀가 내내 몸을 뒤척이며 잠들지 못하고 깊은 한숨을 내쉬고 있었음에도.

그후 전전은 매일 내가 머무는 곳에 와서 자신에 관해 이런저런 이야기를 하기도 하고 늘 호기심에 찬 눈빛으로 나에게 자신의 생활과는 다른 일들에 대해 여러가지로 묻기도 했다. 때로 내 이야기가 너무 동떨어진 데로 가면 알아듣기 힘들어하는 기색이 역력했는데, 그래도 이해하려고 몹시 애쓰는 것 같았다. 우리는 마을 끝까지 함께 걷기도 했는데 젊은 사람들은 모두 전전에게 잘 대해주었다. 물론 그들은 모두 활동단원들이었다. 하지만 잡화점 주인 같은 부류의 사람들은 언제나 시퍼런 무쇠 얼굴을 하고 차갑게 우리를 바라보았다. 그들은 그녀를 혐오하고 경멸했으며 나까지도 자신들과는 다른 인간으로 취급하였다. 특히 개중에 부녀자들 몇몇은 전전에 대해 우월감을 드러냈는데, 자신은 깨끗하고 강간 같은 것은 당한 적이 없다며 뻐기고 다녔다.

아구이가 떠난 뒤 관계가 더 돈독해진 우리는 둘 중 하나가 사라지면 못 살 것처럼 잠시라도 상대가 눈에 안 보일라치면 시도 때도 없이 걱정하곤 했다. 나는 열정적인 것을 좋아하고, 피와 살로 이뤄진 인간으로서 즐거워할 줄도 알고, 때때로 우울에 빠지기도 하지만 그래도 발랄한 성격이었다. 전전 역시 나와 비슷한 성격이라 서로 이야기를 나누다보면 언제나 몹시 길어지곤 했지만 나는 오히려 이렇게 사소한 얘기를 나누는 것이 학습과 휴식에 퍽 도움이 된다고 느꼈다. 그런데 하루하루 지내다보니 나는 전전이 솔직히 다 밝히지 않은 일이 있음을 깨닫게 되었다. 하지만 그녀를 조금도 원망하지 않았고 영원히 그 비밀을 캐묻지 않기로 마음먹었다. 사람이라면 누구나 남에게 절대 보여주고 싶지 않은 무언가를 가슴 깊이 숨겨두려고 하는데, 이것은 사적인 감정에 속하는 일이다. 그것은 옆에 있는 사람이 누구인지와도 무관하고, 그녀 개인의 도덕성과도 상관이 없다.

내가 마을을 떠나야 할 날이 며칠 남지 않게 되자 전전은 갑자기 불안해하며 딱히 무슨 일이 일어난 것도 아니고 뭔가 이야기하러 온 것 같지도 않은데 이틀이 멀다 하고 내 방을 찾았다. 그녀는 시종 불안한 심리 상태로, 앉은 것도 선 것도 아닌 채로 있다가 금세 또 돌아가버렸다. 나는 요 며칠 그녀가 아주 적게 먹으며 심지어 거의 아무것도 먹지 않기도 한다는 사실을 알고 있었다. 병이 어떤 상태인지도 물어봤지만 지금 그녀가 괴로워하고 불안해하는 원인은 결코 육체적인 데 있지 않음을 나는 분명히 알고 있었다.

그녀는 찾아와서 앞뒤가 맞지 않는 말을 하거나 어떤 때는 내가 무슨 말인가 해주었으면 하는 표정을 하고는 귀를 기울이기도 했다. 하지만 나는 그녀가 다른 어떤 것, 바로 남에게 밝히고 싶지 않은 다른 일을 생각하고 있으며, 이런 속마음을 숨기기 위해 아무 일도 없는 척하고 있음을 알고 있었다.

두번, 나는 그 다부져 보이는 젊은이가 전전 어머니가 사는 토굴 집에서 나오는 모습을 보았다. 그가 나에게 준 인상과 전전을 나란히 놓고 보니 내가 그를 깊이 동정하고 있다는 생각이 들었다. 무엇보다도 지금 전전이 너무나 많은 사람들에게 짓밟혀 수치스럽고 치료하기 어려운 병에 걸린 상황에서, 그는 끈기 있게 전전을 찾아가고 그녀의 부모에게 결혼 이야기를 꺼냄으로써 그녀를 버리지 않았고 남들의 비웃음을 겁내지도 않았다. 그는 틀림없이 전전이 이 순간 더욱 절실하게 자신을 필요로 한다고 생각했을 것이며, 무릇 남자가 이런 상황에서 사랑하는 여인에게 마땅히 지녀야 할 기개와 책임이 무엇인가를 명확하게 알고 있었던 것이다. 그러면 전전은 어떠한가. 함께한 시간이 길지 않았기 때문이기도 하겠지만 나는 그녀가 아주 깊은 상처를 입었다거나 원망을 품고 있다고는 느끼지 못했고, 그녀 스스로 지금 한 남자가 자신을 원하거나 아니면 그저 위로라도 해주기를 간절하게 바라는 마음을 표현한 적도 없었다. 그러나 그녀는 마땅히 따뜻한 보살핌을 받아야 한다. 그녀는 상처를 입었고, 그 상처가 너무나 깊어서 오늘날처럼 강인해질 수 있었기 때문이다. 그녀는 타인에게 아무런 도움도 구하지 않는 것처럼 보이지만 나는 어떤 사랑과 보살핌으로, 평범한 동정심과는 비교할 수 없는 애처로운 심정으로 그녀의 영혼을 따스하게 품어주어야 한다고 생각했다. 그녀가 속 시원히 한차례 울 수 있기를, 울 수 있는 곳을 찾아서 통곡하기를 바랐고, 이 집안의 결혼 축하주를 마실 기회를 가질 수 있기를, 아니면 기쁜 소식만이라도 듣고 떠날 수 있기를 바랐다.

'그런데 전전은 무슨 생각을 하고 있을까? 이것은 오래 끌어서도 안되고 문젯거리가 되어서도 안되는 일인데.' 나는 이런 생각이 들었지만 더 깊이 생각하지는 않았다.

류얼마와 며느리, 여자애도 내가 묵는 집으로 찾아왔는데, 무언가를 알려주려고 온 것이 분명했고 한두 마디 꺼내기도 했다. 그러나 나는 끝내 그들에게 말할 틈을 주지 않았다. 내 친구에 관한 얘기일 텐데, 친구가 내게 말해주거나 내가 직접 물은 것이 아니라 주위 사람을 통해 들은 이야기라면 나와 내 친구에게 유익하지 않을 뿐 아니라 우리의 우정에 해로울 것이라 생각했기 때문이다.

그날 밤 해 질 무렵, 마당이 다시 소란스러워지기 시작했다. 인근 주민이 다들 마당으로 모여들어 왔다 갔다 했다. 어떤 이는 귓속말을 수군대고 있었고 더러는 비통해했으며 어떤 이는 너무나 흥미진진하다는 태도였다. 날씨가 매우 추웠지만 사람들의 호기심은 오히려 뜨거웠다. 엄동설한에 어깨를 움츠리고 허리를 구부정하니 수그린 채 두 손을 모아 입김을 불어가며 마당에서 서로서로 얼굴을 쳐다보고 있는 모습이 마치 아주 흥미로운 일을 탐색하고 있는 듯 보였다.

처음에는 류다마의 집에서 다투는 소리가 나더니 곧바로 류다마의 울음소리가 들렸다. 뒤이어 남자가 우는 소리가 들렸는데 전전의 아버지 같았다. 밥그릇 깨지는 소리도 흘러나왔다. 나는 더 참을 수가 없어서 웅성대는 사람들 틈을 비집고 안으로 들어갔다.

"아이고, 마침 잘 왔소. 우리 전전 좀 말려주시오."

류다마가 나를 안으로 데리고 들어갔다.

전전의 얼굴은 어지럽게 헝클어진 긴 머리칼 아래 가려져 있었지만 험악한 두 눈동자로 무리를 쏘아보고 있음을 알 수 있었다. 나는 그녀 옆으로 가서 멈추었다. 그녀는 내가 온 낌새를 전혀 느끼지 못했거나, 아니면 나를 그녀와 적들 사이에 끼어들 자격이 전혀 없는 사람으로 간주하는 듯했다. 전전은 그녀가 풍기던 시원스럽고 명랑하고 유쾌한 어떤 분위기를 전혀 떠올릴 수 없는, 완전히 다른 사람이 되어 있었다. 마치 우리에 갇힌 야수처럼, 복수의 여신처럼, 누구에게 증오의 한을 내뿜고 있는 것일까? 왜 이렇게 참혹한 모습을 보여야 했을까?

"네가 이렇게 독하게 굴다니 엄마 아빠 생각을 하나도 하지 않는 짓이야. 일년 넘게 너 때문에 받은 고통은 손톱만큼도 생각하지 않고……"

류다마는 온돌 바닥을 주먹으로 치면서 욕을 퍼부었다. 눈물이 마치 빗방울처럼 온돌 위로 튀거나 땅바닥으로 떨어졌고 더러는 얼굴을 타고 흘러내렸다.

여자들 여럿이 그녀를 둘러싼 채 온돌 아래로 내려오지 못하게 막고 있었다. 나는 사람이 한번 자존심을 포기하고 제 성질대로 미친 듯이 퍼붓기 시작한다면 그건 정말 두려운 일이라고 생각한다. 그래서 그녀에게 이렇게 울부짖어도 아무 소용 없다고 말해주고 싶었으나 동시에 이런 상황에서는 무슨 말을 한다 해도 아무 소용이 없다는 사실 또한 알고 있었다.

노인네는 힘이 쭉 빠진 듯 양팔을 늘어뜨리고 한숨을 내쉬었다. 샤다바오는 그 옆에 앉아서 어찌해야 좋을지 모르겠다는 눈길로 두 노인네를 바라보고 있었다.

"네가 말을 좀 해봐라. 네가 보기에 이 엄마가 불쌍하지도 않으냐……?"

"막다른 길에 다다르면 방향을 돌려야 하고, 물이 흐르다 막히면 물길을 돌려야 하는 법이다. 너는 어째 굽힐 줄을 모르는 거냐……?"

몇몇 여자들이 이렇게 전전을 달랬다.

나는 사람들이 원하는 대로 일이 되지 않을 것임을 감지했다. 전전은 어느 누구도 자신을 동정하게 두지 않았고 누구를 동정하지도 않았다. 이미 결심을 굳힌 그녀는 타협의 기미가 없었는데, 뒤틀렸다고 한다면 그렇다고 말할 수도 있을 것이다. 그녀는 어금니를 질끈 앙다물고는 사람들에게 계속 맞설 태세였다.

그 여자들은 나의 권유에 따라 전전을 나의 거처로 데려가 휴식을 취하도록 했다. 모든 문제는 저녁에 다시 이야기하기로 하고 전전을 데리고 나왔는데 정작 그녀는 나의 숙소로 가지 않고 뒷산으로 달려가버렸다.

"저 가시나 간도 크네……"

"흥, 우리 동네 사람들을 무시했어……"

"걸레 같은 게 폼까지 잡아. 샤다바오 재수 옴 붙었군……"

마당에 모여 있던 사람들은 의견이 분분하였으나 이제 더 별 구경거리가 없다고 생각되자 하나둘 흩어졌다.

나는 마당에서 머뭇거리다가 뒷산으로 가기로 작정했다. 산 위에는 무덤이 무더기로 있었다. 무덤 주위는 온통 소나무 숲이었고 무덤 앞에는 깨진 비석들만 있을 뿐 사람 기척도 없고 낙엽 구르는 소리조차 들리지 않았다. 나는 한쪽 편에서 반대편까지 전전을 부르며 가로질렀지만 메아리인 듯한 소리가 적막함을 달래줄 뿐, 이내 산 전체가 한층 깊은 정적 속으로 가라앉았다. 하늘 저편에서 노을이 사라지자 사방에서 정적 속에 안개가 층을 이루며 일기 시작했고 멀고 가까운 산허리를 하나의 층으로 감싸안았다. 나는 초조해졌고 맥이 탁 풀려서 비석 위에 앉아 다시 산으로 올라갈까, 여기서 기다릴까 곰곰 생각하였다. 나는 그녀와 고통을 나눌 수 있기를 바랐다.

그림자 하나가 아래에서 걸어오는 것이 보였다. 한눈에 샤다바오임을 알 수 있었다. 나는 소리를 죽였고, 그가 나를 발견하지 못하고 곧장 위로 올라갔으면 했다. 그러나 그는 내 쪽으로 걸어왔다.

"찾았나요? 전 아직 못 찾았는데."

나는 마지못해 그에게 알은체를 했다.

오히려 그는 내 앞으로 걸어오더니 마른풀 위에 앉았다. 그는 말

없이 먼 곳을 바라다보았다.

나는 조금 어색했다. 그는 확실히 젊었다. 가느다랗고 긴 눈썹과 커다란 눈은 지금은 오히려 몹시 멍청하게 보였다. 굳게 다문 작은 입은 이전이라면 매력적으로 보였을지 모르겠지만 지금은 번뇌로 가득 차 고통을 억누르느라 일그러져 있었다. 코는 꽤나 믿음직스럽게 생겼다. 하지만 그게 다 무슨 소용이란 말인가?

"괴로워하지 말아요. 내일이 되면 좋아질 거예요. 오늘 저녁에 반드시 내가 그애를 설득할게요."

나는 이렇게 그를 위로할 수밖에 없었다.

"내일, 내일…… 그녀는 나를 영원히 원망할 거예요. 난 그애가 원망하고 있다는 걸 알아요……"

그의 목소리는 약간 쉬었고 침울하고 낮게 가라앉아 있었다.

"아니에요, 전전은 내 앞에서 한번도 누구를 원망한 적이 없어요."

나는 기억을 더듬으며 사실대로 말했다.

"전전이 당신에게 말했을 리가 없어요. 아무에게도 말하지 않았을 겁니다. 하지만 틀림없이 죽는 순간까지 나를 용서하지 않을 거예요."

"왜 전전이 당신을 원망한다는 거죠?"

"당연한 일이죠……"

그가 갑자기 고개를 내 쪽으로 돌려 쳐다보았다.

"보세요, 전 그 당시에 무일푼의 가난뱅이에 불과했는데, 전전을 데리고 도망칠 수 있었겠어요? 내 잘못입니까? 그런가요?"

그는 내가 미처 대답을 하기도 전에 다시 말을 했는데 거의 혼잣말처럼 중얼거렸다.

"내 잘못이야. 어떻게 내가 잘했다고 할 수 있겠어. 내가 해친 게 아니고 뭐냐고? 내가 전전처럼 대답하기만 했더라면 그녀는 결코…… 나는 전전 성격을 알아요. 그녀는 나를 영원히 원망할 거예요. 보세요, 난 어떻게 해야 하는 거죠? 그녀는 내가 어떻게 하기를 바랄까요? 내가 어떻게 그녀를 기쁘게 해줄 수 있을지, 내 목숨은 아무것도 아니에요. 그녀에게 나는 아직 어떤 쓸모가 있는 걸까요? 얘길 좀 해주세요. 나는 정말 내가 어떻게 해야 좋을지 모르겠어요. 아, 요즈음 정말 너무 괴로워! 차라리 일본 놈한테 잡혀가는 게 나을까……"

그는 계속 혼자 중얼거렸다.

내가 같이 집으로 돌아가자고 히자 그는 일어나 함께 몇 걸음 걷더니 다시 멈춰 섰다. 산 위에서 무슨 소리가 들렸다고 했다. 어쩔 수 없이 그를 올라가게 하고는 어두운 소나무 숲 속으로 그의 그림자가 사라져 보이지 않게 될 때까지 지켜보고 나서야 집으로 돌아가는 길로 들어섰다. 이미 어둠이 내려 사방이 칠흑처럼 깜깜해지고 있었다.

그날 밤 나는 아주 늦게 잠들었지만 아무런 소식도 듣지 못했고 그들이 어떻게 밤을 지냈는지도 알지 못했다.

아침 식사 때가 되기도 전에 나는 짐을 다 싸놓았다. 마 동지가 오늘 내가 떠날 채비하는 것을 도와주겠다고 했다. 나는 이미 정치부로 돌아갈 준비를 마쳤고 ××로 돌아가려고 했다. 적이 다시 대대적인 '소탕'을 벌이려고 해서 나를 더이상 이곳에 머물게 할 수 없었기 때문인데, 모 주임은 무슨 일이 있어도 나 같은 병든 사람들을 먼저 이동시켜야 한다는 것이었다. 그런데 나는 마음이 허전해져서, 그냥 돌아가지 말까, 나 때문에 다른 사람이 성가실 수도 있으니 그냥 돌아갈까, 언제 다시 돌아오나 하며 내 이불 보따리 위에 앉은 채 골똘히 생각에 빠져 있었다. 그때 누군가 조용히 토굴집으로 들어오는 기척이 느껴졌다.

그녀는 가볍게 몸을 날려 온돌 위로 올라오더니 내 앞에 앉았다. 약간 부어 있는 그녀의 얼굴을 보고 나는 불을 쬐려고 뻗은 그녀의 손을 잡았다. 그 독특한 뜨거운 발열감이 나를 다시 불안하게 했다. 그녀의 병이 깊어졌음을 느낄 수 있었다.

"전전, 난 가야 해! 우리가 언제 다시 만나게 될지 모르지만 나는 너와 네 어머니가……"

"선생님한테 할 말이 있어서 왔어요."

그녀는 한마디로 내 말을 잘랐다.

"내일 나도 떠날 거예요. 하루라도 빨리 이 집을 떠나지 못하는 게 한스러워요."

"정말?"

"그럼요!"

그녀 얼굴에 특유의 명랑한 기색이 다시 떠올랐다.

"그 사람들이 날더러 ××로 가서 병을 치료하라고 했어요."

"아!"

나는 우리가 동행이 될지도 모르겠다고 생각했다.

"어머니도 아시나?"

"아니, 아직 모르세요. 병을 치료하고 다 나은 뒤에 돌아오겠다고만 하면 어머니는 틀림없이 날 보내주실 거예요. 집에 있어봤자 좋은 일도 없잖아요?"

나는 지금 오랜만에 그녀의 마음이 차분하게 가라앉았다고 느꼈다. 그날 밤 샤다바오가 했던 말이 떠올라 나는 실례를 무릅쓰고 그녀에게 물어보았다.

"네 결혼 문제는 해결된 거야?"

"해결은요. 그냥 그렇게 된 거잖아요?"

"어머니 말씀을 따르기로 한 거야?"

나는 차마 전전이 그와 결혼했으면 한다는 나의 속내를 털어놓을 수가 없었다. 그 젊은이가 내게 준 괜찮은 인상을 떨쳐내려고 애쓰며 그에게 행복한 앞날이 있기를 기원했다.

"그 여자들 말을 듣다니, 내가 왜 그 사람들 말을 들어야 하죠? 그 사람들은 내 말을 들어준 적 있나요?"

"그럼 너는 그 사람들한테 화가 난 거니?"

"………"

"그럼…… 너는 정말로 샤다바오를 원망하는 거야?"

그녀는 내 말에 한동안 답이 없다가 한결 차분해진 어조로 입을 열었다.

"그 사람을 원망하다뇨, 내 주제에 어떻게. 나는 늘 내가 이미 병에 걸린 사람이라는 생각을 해요. 실제로 너무나 많은 일본 놈들한테 당해서 그 수가 얼마나 되는지도 기억이 잘 나질 않고 결국엔 깨끗하지 못한 사람이 되고 말았어요. 이미 흠이 났기 때문에 앞으로 내게 어떤 행운이 올 거라는 생각은 안해요. 나는 낯선 사람들 속에서 바쁘게 사는 게 집에서 지내거나 친지들이 있는 곳에서 사는 것보다 나을 거라고 생각해요. 이번에 그들이 ××로 데려가서 치료해주기로 했으니까 나는 그곳에 머물면서 공부를 하고 싶어요. 사람들이 그러는데 그곳은 큰 데라서 학교도 많고 누구라도 다 공부할 수 있다고 했어요. 모두들 함께 엇섞여 지내는 것이 꼭 좋지만은 않으니 그냥 헤어져서 각자의 앞날을 위해 분투하는 거지요. 이렇게 하는 것은 나 자신을 위한 선택이고 또 옆에 있는 사람을 위한 것이기도 해요. 그래서 내가 무슨 살지 못할 곳으로 가거나 아무 즐거움도 없는 곳으로 가는 것이 아니라고 생각해요. 더군다나 ××에 가면 색다른 신선한 기운을 찾을 거라는 생각도 들어요. 나는 새사람이 될 수 있을 테고, 샤다바오도 꼭 오로지 부모님이나 자신이 생각하는 그런 사람이기만 한 것은 아닐 거예요. 사람들은 내가 어리고 식견이 좁고 성질이 못됐다고 하는데 나도 반박하지 않겠어요. 모든 일을 사람들에게 일일이 설명할 수는 없는 것 아니겠어요?"

그녀의 몸에서 새로운 무언가가 나타나는 것을 보고 나는 몹시 놀랐다. 그녀가 한 말은 확실히 깊이 생각해볼 만한 것이었지만 당시에 나는 고작 그녀의 계획에 찬성한다는 말을 할 수 있었을 따름이었다.

내가 떠날 때 그녀의 가족들은 나를 배웅해주었다. 그녀는 혼자 사무소로 갔고 샤다바오는 보이지 않았다. 내 마음은 전혀 불편하지 않았다. 마치 그녀의 환한 미래를 본 것 같았고, 그녀를 내일 다시 만날 수 있을 것이며, 틀림없이 만나게 될 것이고, 더군다나 얼마 동안은 동행이 되어 헤어지지 않게 될 수도 있었다. 실제로 그녀의 집을 나서자마자 마 동지가 그녀에게 내려진 결정을 알려주었는데, 그 소식은 아침에 그녀가 내게 했던 말이 곧 실현될 것임을 입증해주었다.

병원에서
在醫院中

1

　12월이 끝나갈 무렵에 첫눈이 내렸다. 시냇물과 강물은 모두 얼어붙었고 수확을 마친 산등성이에서 바람이 불어와 축사 지붕을 이고 있던 갈대 줄기를 휘젓고는 웅웅 소리를 내며 가파르게 개천 쪽으로 내려갔다. 덤불에 숨어 있던 꿩은 타닥타닥 깃털을 털더니 바위틈과 토굴 속으로 비집고 들어갔다. 한낮의 햇살이 밤새 얼어붙은 소와 말의 똥 더미 위로 내리쬐어 고약한 냄새가 사방에 진동했고 파리 몇마리가 힘없이 그 주변을 맴돌고 있었다. 그러나 순식간에 대지에 내린 어둠은 멀리 산등성이로부터, 또 방금 전까지도 눈에 보이던 지평선에서부터 아득하고도 스산하게 소리없이 사방을 덮기 시작했다. 까마귀와 까치가 몸서리쳤고 개도 꼬리를 말아 넣었다. 사람들은 다들 유일하게 몸을 숨길 수 있는 그들의 집, 토굴로 돌아갔다.

그날, 바로 그 무렵, 회색 목면 군복을 입은 한 젊은 여성이 양가죽 코트를 걸친 남자의 뒤에서 개천 옆길을 따라 걸어올라오고 있었다. 이 여성은 몸놀림이 민첩했고, 남자 옷을 입고 있어서 마치 어린 소년처럼 보였다. 그녀는 일부러 즐거운 표정을 지으며 작고 동그란 까만 눈을 치켜뜨고는 황량한 주변을 유쾌한 듯이 둘러보았다.

"저는 일을 해본 경험이 별로 없어요. 앞으로 선생님을 성가시게 할 일이 틀림없이 많을 텐데, 잘 좀 부탁드려요! 이 과장님! 선생님은 원로 혁명가이고 어위완[1]에서 오셨지요?"

그녀는 이제 이런 말투에 익숙해져서 어느 기관에 가든지 먼저 사무원들과 이런 식으로 친해지곤 했다. 학교에서 일하는 동안에도 그녀는 주방에 물을 받으러 가거나 우편물을 가지러 갈 때, 혹은 등잔에 기름을 채우거나 석탄을 타러 갈 때면 언제나 상대의 호감을 살 만한 말을 했는데 전혀 비굴해 보이지 않고 그저 경쾌해 보일 따름이었다.

앞서 걸어가던 이 과장은 여느 관리과장들처럼 여유로운 태도를 하고 마치 장군처럼 양가죽 외투를 걸치고 있었다. 그들은 어떤 때는 멍청해 보이고 어떤 때는 똑똑해 보였다. 이들은 근무자가 잘

---

1 2차 국공합작(1937~45) 시기의 격전지이자 공산당의 혁명 근거지의 하나로, 후베이, 허난, 안후이, 세 성(省)을 묶어서 이르는 것.

못을 저지를 때면 군대에서 쓰던 가장 거친 욕을 해댈 줄 알았으며, 비서장이나 주임에게 표 안 나게 닭과 달걀, 호박씨 등을 보낼 줄도 알았다. 하지만 이 모두는 중요하지 않았다. 대중사업만 잘하면 어떤 비난도 받지 않을 것이기 때문이다.

그들 일행이 저편 산허리를 돌아서 이쪽 산허리로 올 때, 계곡에서 흰옷을 입은 사람의 그림자가 휙 스쳐지나갔다. 젊은 여성은 화들짝 놀라 기겁했지만 애써 자신을 위로하려는 듯 이렇게 말했다.

"조용히 요양하기엔 정말 그만인 곳이로군!"

그녀는 낙관적인 이상으로 현실을 도배할 만큼 대담하지는 못했지만, 생활을 지나치게 비관적으로 보지도 않았다. 그녀는 실망과 낙담 모두를 두려워했기 때문이다. 따라서 어떤 상황에 부딪힌다 해도 늘 너그럽게 받아들이고 적절하게 해석했다. 이날 오후만 해도 매우 당혹스러웠지만 몹시 침착한 척했다.

관리과장을 따라 어느 마당으로 들어갔다가 다시 토굴집으로 들어갔다. 여기가 그녀가 살아야 할 곳이었다. 그녀가 바라던 것과는 정반대로, 아늑하지도 않은데다가 햇빛도 잘 들지 않아 틀림없이 눅눅할 것 같았다. 넓고 휑한 토굴집에 들어선 순간, 그녀는 사방에서 으스스한 냉기가 몸으로 스며드는 게 느껴졌다. 해질녘의 희미한 햇살이 컴컴한 토굴에 비쳐들어 처량하고 적막한 한 줄기 빛으로 공중에 떠 있었다. 마치 어둠 속에, 아니, 세상과 격리된 반투명한 세상에 서 있는 것 같았다.

그녀는 찬 바닥에 덩그러니 놓인 자신의 조그마한 가죽 트렁크와 이불을 보았다.

이 과장은 마음씨 좋은 사람이었다. 그는 장작으로 네 귀퉁이를 받쳐놓은 그녀의 짐을 대신 정리해주기 시작했다.

"이불이 이렇게 얇다니!"

그는 얇은 부침개 같은 이불을 털면서 참을 수 없다는 듯이 외쳤다. 군대에도 이렇게 얇은 이불은 드물었기 때문이다.

그녀는 토굴이 휑한 것을 보고 자기도 모르게 마음이 약간 불안해졌지만 다른 사람에게 물건을 신세 지고 싶지 않아서 이렇게 말했다.

"저는 그다지 추위를 타지 않아요."

그녀의 맞은편 침상에는 질 좋은 침구가 깔려 있었는데, 과장이 저쪽은 장씨 성을 가진 의사의 부인이 지내는 자리이며 그녀는 간호사라고 일러주었다. 결국 그녀가 꿈꾸던 조용하고 청결하며 규칙적인 독신 생활이라는 몽상 또한 깨지고 말았는데 그래도 억지로 자신을 위로하였다.

'이렇게 넓은 토굴에는 반드시 동료가 있어야 해.'

관리과장이 어떻게 손을 보았는지 침상이 바닥으로 풀썩 가라앉아버렸다. 과장은 다급하게 밖으로 나갔는데 아마 도끼를 가지러 간 모양이었다.

젊은 여성은 바닥에 쭈그리고 앉아 부서진 침상을 다시 세우기 시작했다. 그녀는 쓸 만한 연장을 찾다가 창문 옆에 기대어 놓은 하얀색 낡은 나무 탁자를 발견했다. 그 탁자도 창에 기대어 놓지 않았다면 서 있지 못했을 것 같았다. 탁자 옆에는 앉은뱅이의자 두 개가 되는대로 놓여 있었다. 문을 연 지 얼마 안되는 병원에 가구라고는 하나같이 마치 사방에서 긁어모아놓은 장애인들 같았다.

내 앞에 놓인 이 무료한 시간을 어떻게 보내나? 관리과장은 왜 안 오지? 할 수 없이 그녀는 마당으로 나갔다. 마당에는 인분 더미와 풀 더미가 빽빽하게 쌓여 있어서 발 디딜 틈이 없었다. 두 여자가 풀 더미에 무릎을 꿇은 자세로 있었는데 온몸이 지푸라기투성이였다. 한 사람이 작두를 잡고 다른 한 사람은 풀 묶음을 들었는데, 작두질에 여념이 없는 두 사람은 다 자른 풀을 추려서 정리하고 있었다.

그녀는 옆에 서서 한동안 바라보다가 친근하게 물었다.

"이보세요, 식사는 하셨나요?"

"아직."

그들은 일하던 손을 멈추고 호기심에 찬 눈으로 물끄러미 그녀를 훑어보더니 한 여자가 곧이어 말했다.

"허! 애 기를 사람이 또 왔구먼!"

짧게 자른 그녀의 머리카락은 어지럽게 헝클어져 있었다. 마치 지푸라기 더미 속에서 알을 품은 어미 닭 같았다. 어지럽게 뒤덮인 지푸라기 사이로 낡은 천 조각처럼 창백한 얼굴과 커다랗고 생기 없는 두 눈동자가 보였다.

"아니에요, 저는 애를 기르러 온 게 아니라 아이를 받으러 왔어요."

미혼인 젊은 여성은 애를 기른다는 말을 듣자 마치 파리를 삼킨 것처럼 토할 듯한 역겨움을 느꼈다.

동쪽을 향해 있는 세채의 토굴에서는 벌써 희미한 담황색 불빛이 흘러나왔다. 갓 태어난 아기의 울음소리가 들렸다. 이 얼마나 따스하고 그녀에게 위안을 주는, 익숙한 어린 생명의 부르짖음인가! 응애응애 하는 울음소리는 그녀의 가슴에 무한한 신선함을 안겨 주어 자신도 모르게 입이 벌어지고 양미간이 펴졌다. 불 켜진 집을 바라보며 그녀는 달콤한 애정을 담아 말했다.

"내일, 내일이면 나도 시작할 거야!"

다시 밖으로 돌아나가자 어둠이 더 짙게 내려 있었다. 계곡 아래 숲은 형태를 구분하기 어려울 정도로 희미해졌다. 멀리 산허리에 잿빛 띠가 둘러졌고 저녁노을이 하늘거렸다. 바람은 그리 세지 않았다. 하지만 공기는 뼈를 에듯 차가웠다. 어쩔 수 없이 되돌아오는 길에 그녀는 자신의 숙소에 불이 켜진 것을 보고 놀라서 달려갔다. 관리과장이 돌아온 것일까? 어쩌면 그녀의 침상을 이미 고쳐놓았을지도 몰랐다. 집으로 돌아오니 검은 옷을 입은 여성이 정리된 자기 침대에 단정하게 앉아 기름등을 켜고 신발 겉면을 손질하고 있었다. 기름등은 겹쳐놓은 앉은뱅이의자 위에 놓여 있었다.

"당신이 새로 온 의사 선생, 루핑인가요?"

이렇게 묻는 그녀의 모습은 마치 날마다 보던 사람을 대하듯 직설적이고 자연스러웠다. 말을 건 김에 그녀를 한번 힐끗 쳐다보더니 다시 신발의 발등 쪽을 손보면서 곡조를 알 수 없는 노래를 계속 흥얼거렸다.

그녀는 새로 온 루핑이 자신을 얼마나 반갑게 대하는지에 대해서는 추호의 관심도 보이지 않았다. 그저 밋밋하고 짤막한 말로 대꾸할 따름이었다. 그녀는 아주 오래된 여행자 같아서, 맞은편에 누가 자거나 말거나, 사람이 바뀌거나 말거나, 그녀에게는 별 차이가 없을 것 같았고 아무런 변화도 일으키지 않을 것 같아 보였다. 그녀는 신발을 한번 뒤집어본 뒤 이불을 편 다음 잠은 자지 않고 이불 위에 앉아 벽에 기대어 이번엔 산베이 지역의 민요를 부르기 시작했다.

루핑은 다시 나무 기둥을 모아 두드리고 맞춰보았지만 아무리 해도 침상이 고정되질 않아 결국 바닥에 이불을 펴고 하룻밤을 견디기로 했다. 그녀는 이불 위에 앉아 별생각 없이 장 선생의 부인이라는 그 간호사를 관찰하기 시작했다.

그녀는 퍽 예쁘지 않은가? 단정한 머리 모양에 검은색 숱이 많지도 적지도 않았고 이목구비가 반듯하고 목덜미와 어깨선도 적당했다. 화폭에 옮겨놓아도 될 만한 선이었으나 감정이 없어 보였다. 다정하지도 사납지도 않았고, 영민해 보이지는 않지만 우둔해 보이는 것도 아니었다. 그녀는 루핑에게 몇 마디 대답도 하고 설명도 해주고 되묻기도 했지만 도무지 기분이 좋은지 싫은지가 드러나지 않았다.

갑자기 그 간호사는 무슨 바늘에라도 찔린 것처럼 돌연 이불에서 뛰쳐나와 곧장 밖으로 달려갔다. 루핑은 그녀가 옆집 주민의 문을 밀고 무어라 말하면서 즐거워하며 들어가는 소리를 들었다. 그녀가 뛰어나가면서 몸으로 이불을 한차례 차고 나가는 바람에 이불은 반 이상 바닥에 늘어뜨려져 있었다.

또다시 루핑 혼자 남겨졌다. 이불을 아무리 감싸도 온전히 여밀 수가 없었다. 기름이 다 떨어져가는 등불은 애처롭게 빛나고 있었다. 쥐가 나왔다. 처음엔 건너편 침상 아래에 있던 녀석은 나중에는 그녀의 이불 위로 올라왔다. 그녀는 이불 속에서 몸을 웅크리며 감히 옷을 벗을 엄두를 내지 못했다. 추워서 잠이 오지 않았고 이런 저런 생각들이 꼬리를 물었다. 오늘 오후에 겪은 일만으로도 이 밤을 보내기에 충분할 것 같았다. 그녀는 애써 스스로를 위로하고 격려했으며 자신을 욕하기도 하고, 또 새로운 희망의 집을 쌓으며 그 집에서 잠들려고 무진 애를 썼다. 그런데 토굴집 맞은편에 있는 외양간의 소가 끊임없이 풀뿌리를 씹으며 발굽으로 계속 뭔가에 쿵쿵 발길질을 해댔다. 다시 눈을 떴을 때 방은 이미 칠흑같이 어두웠고 등은 언제 꺼졌는지 알 수가 없었다. 쥐는 더 대담해져 그녀의 머리 위를 지나다녔다.

한참이 지나서야 다시 옆집 토굴 문이 열리는 소리가 들렸다. 의사 아내는 비바람이 몰아치듯 한걸음에 돌아와 문을 꽝 하니 닫고 앉은뱅이의자를 넘어뜨리더니 자기 이불을 밟았다. 그러고는 큰 소리로 욕을 해댔다.

"개새끼, 씨팔놈의 관리자 같으니라고. 기름을 이렇게 조금밖에 안 주니까 금세 깜깜해져버리잖아, 에이, 니미럴!"

그녀는 계속해서 험악한 욕설을 익숙하게 퍼부어댔다. 그녀는 거친 병사들에게 훌륭히 배운 것이다. 하지만 이렇게 욕을 내뱉고 있었음에도 증오를 퍼붓는 것 같지도 않았고 저속해 보이지도 않았다.

이때 루핑은 아무 소리도 내지 않고 있었는데, 그녀가 입술을 움직이는 소리를 들어보니 방금 전 아주 만족스럽게 음식을 먹고 왔음을 알 수 있었다. 더듬더듬 침대로 올라간 간호사는 베개에 머리를 대자마자 이내 고르게 코를 골기 시작했다.

2

　루핑은 부친의 뜻에 따라 상하이에 있는 산부인과 학교에 진학했는데, 입학한 지 이년 만에 산부인과 의사가 적성에 맞지 않음을 깨달았다. 문학서적에 더 흥미가 있었고 심지어 때로는 모든 의사들이 혐오스럽기까지 했지만 그래도 꼬박 사년 동안 학교생활을 했다. 8·13[2]의 포화로 전쟁터에 투입된 그녀는 부상병 치료병원에서 인내심을 가지고 그들을 씻기고 갈아입히고 가족들에게 보내는 편지를 대필해주는 등 사소한 요구사항들을 들어주기 위해 늘 뛰어다녔다. 그녀는 어머니처럼, 혹은 애인처럼 그들을 돌보았다. 그들 역시 그녀를 어머니나 애인처럼 의지했다. 상처가 치료되면 그녀는 그들과 함께 기뻐했다. 하지만 그들은 떠났고, 어떤 이는 다시 만나자며 편지를 한번 보내오기도 했지만 그걸로 끝이었다. 그녀는 조용하게 그 적막한 심정을 다시 새로 온 부상병들에게 쏟아부었다. 이렇게 떠돌이 생활로 근 일년을 흘려보내는 동안 그녀는 숱한 고통을 겪었고 돌고 돌다 옌안으로 와서 비로소 항대[3]의 학생

---

2 1937년 8월 13일에 일본이 육·해·공군을 동원하여 상하이를 공격한 사건으로, 대대적인 항일운동의 계기가 되었다.
3 '중국인민항일군사정치대학'을 줄여서 부르는 것.

이 되었다. 그녀 스스로 내면 어딘가에서 무엇인가 바뀌는 것을 느꼈고 이제까지 접해보지 못했던 책들에 온 마음을 기울여 몰입했으며 많은 사람들 앞에서 발표하는 법도 배웠다. 그녀는 마치 활기 넘치는 정치공작원이 된 미래의 자신의 모습을 본 것 같았다. 그녀는 겨우 스무살밖에 안된 청춘이었고 스스로 총명하다고 자부했으며 이러한 생활과 그후에 도래할 미래에 대하여 흡족해했다. 그녀는 시간을 헛되이 보내지 않았으며 댓가 없이 감정을 낭비하지 않았다. 항대에 머무는 일년 동안 그녀는 공산당원이 되었다. 그런데 그때 정치부 주임이 찾아와 당의 필요에 따라 그녀가 학교를 떠나 옌안에서 사십리 떨어진 곳에 있는 이제 막 문을 연 병원에 일하러 가야 한다고 말했다. 그리고 그녀가 의료 업무로써 평생 당을 위해 헌신해야 할 것이라고 했다. 그녀는 자신의 성격과 맞지 않는다고, 그보다 더 중요하거나 혹은 덜 중요한 일을 할 수 있다고 항변했다. 심지어 눈물을 흘리면서까지 강변했다. 하지만 그런 이유들 때문에 주임의 결심이 흔들리거나 결정된 내용이 번복되지는 않았다. 복종 말고는 다른 방법이 없었다. 지부 서기도 그녀를 찾아와 면담을 했고 소그룹 조장도 종일 그녀의 대화 내용을 주시했다. 그녀는 이런 것들을 견딜 수가 없었다. 그리고 결정대로 따라야 하는 이유도 다 이해하고 있었다. 문제는 그녀가 이 일년 남짓한 동안 자신이 꿈꾸어온 희망 찬 앞날을 깨끗이 포기하고 다시 과거의 생활로 돌아가야 한다는 사실이었다. 그녀는 자신이 결코 대단한 의사가 될 수 없으며 있으나 없으나 별 상관 없는 평범한 조산원이나 되리라는 것을 너무 잘 알고 있었다. 그녀는 상상력이 풍부했고 자기 삶에 닥치는 국면들을 인내심을 가지고 개척해나갈 수 있는 사람이었지만 '당'과 '당의 필요'라는 쇠사슬이 머리에 씌워 있어 당의 명령을 감히 거스를 수가 없었다. 어떻게 이 쇠사슬을 무시하고 자신이 하고 싶은 대로 행동할 수 있단 말인가? 그녀는 갈 수밖에 없었고 딱 일년만 한다는 조건을 달 수 있을 뿐이었다.

그녀는 마음을 정리하고 기쁜 마음으로 앞으로 다가올 생활을 맞이하기로 했다. 일리치[4]도 그러지 않았던가? '불유쾌함은 삶의 치욕이다'라고. 그리하여 그녀는 병원으로 오게 되었다.

병원장은 쓰촨 사람인데 농부 출신으로 혁명에 참가했다가 부대 안에서 오랫동안 일을 한 사람으로 의료 업무에는 문외한이었다. 그는 여성 동지에게는 존중과 예절이 전혀 필요하지 않다는 태도로 루핑을 대했다. 마치 사료를 산 영수증을 보듯이 무심한 태도로 그녀의 소개장을 읽디니 눈을 부라리며 그녀를 쏘아보았다.

"음, 좋소! 여기 있도록 하쇼."

그는 너무 바빠서 그녀와 많은 이야기를 나눌 수 없었다. 맞은편 집에 지도원이 살고 있으니 그를 찾아가면 될 것이었다. 그래서 그는 더이상 그녀에게는 눈길도 주지 않고 그 자리에 단정하게 앉아서 꼼짝도 하지 않은 채 다른 일을 처리했다.

지도원 황서우룽 동지는 팔로군[5]의 청년부대 대장 같은 분위기의 사람으로, 신중하면서도 이야기하는 것을 좋아했고 옷차림이

<hr>

4 소련의 혁명가였던 레닌(블라지미르 일리치 울리야노프)을 말한다.
5 항일전쟁 당시 일본군과 싸운 중국공산당의 주력 부대 중 하나로, 화베이 지역에서 활약했다.

아주 단정했다. 소박하고 솔직했으며 치기 어린 열정이 느껴지는 사람이었는데, 다소 수줍음을 타는 듯했지만 본인은 대범하게 보이려고 애를 썼다.

그는 이곳의 고충에 대해 설명했다. 첫째, 돈이 없고, 둘째, 이제 막 옮겨왔기 때문에 대중사업을 하는 데 서툴뿐더러 인력을 동원하는 데 어려움이 있으며, 셋째, 의사가 너무나 부족할 뿐만 아니라 몇몇 책임자들도 외지에서 막 발령받아 온 상태라 대하기가 어렵다고 하였다.

그는 자신의 지난 이력과 중대에서 지도원을 했던 일까지 이야기해주었다. 그는 너무나 중대로 돌아가고 싶었던 것이다.

지도원의 방에서 나온 뒤 오후 내내 관련 부서의 몇몇 동료들을 만났다. 화학실험실의 린사는 적의가 가득한 눈길로 그녀를 바라보았다. 린사의 눈은 길고 활처럼 곡선을 그렸는데 웃을 때면 반원형으로 선을 그리며 눈꼬리가 아래로 처졌다. 눈두덩이 약간 부어올라 희미하게 사람을 유혹하는 빛을 발하고 있었다. 마치 누군가의 애무를 기다리며 이렇게 묻는 것 같았다.

'보세요, 내가 예쁘지 않나요?'

그러나 이제 막 온 루핑을 바라보는 시선에는 경멸이 가득했다.

'흥! 이건 어디서 굴러온 조산원이야. 저 궁상맞은 꼬락서니하고는!'

그녀의 표정은 변화무쌍했다. 어떤 때는 미소 짓는 꽃 같았으나 어떤 때는 어두운 밤의 차가운 별 같았다. 걸음걸이는 적절한 보폭을 유지했고 말을 아주 천천히 했는데 이러한 신중함이 때로 온순해 보이기도 했고 거만해 보이기도 했다.

루핑은 그녀를 보고 그저 천진스럽게 웃으며 속으로 생각했다.

'내가 너를 겁낼 게 뭐가 있겠니? 뭐가 대단하다고 나한테 거만하게 구는 거지? 내가 어떤 사람인지를 분명하게 보여주마.'

이러한 자신감을 갖고 있으니 그녀는 틀림없이 해낼 것이었다.

항대 동창인 장팡쯔도 만났는데 그녀는 이곳에서 문화를 가르치고 있었다. 사람들 앞에서 노래 부르기를 좋아하는 그녀에게 루핑은 원래 호감을 갖고 있지 않았다. 그녀가 가장 잘하는 것은 대충대충 태만하게 하루하루를 보내는 것이었다. 성격이 유한 그녀는 누가 어떤 부탁을 해도 차마 거절하지 못했는데 그런데도 친구가 별로 없었다. 그것은 그녀가 성격이 괴팍해서라기보다는 오히려 줏대가 없어서 썩은 면화처럼 건드려도 반응이 없으므로 사람들이 흥미를 느끼지 못하기 때문이었다. 루핑은 그녀를 만난 순간에는 반가운 마음이 솟았지만 그 속물적이고 평범한 얼굴을 보자 다시 마음이 바닷속으로 가라앉는 것처럼 고요하고 싸늘해졌다.

그녀는 산부인과 주임의사인 왕쒀화 선생을 찾아갔다. 그녀는 기독교 분위기가 물씬 풍기는 부인네로, 소아과 의사였다. 그녀는 백인이 유색인을 보는 시선으로 매사를 바라보았는데, 마치 신선이 벌을 받아 하계에 내려온 것처럼 자비롭게도 보이고 억울하게 보이기도 했다. 그녀의 남편만은 루핑에게 상당히 좋은 인상을 주었다. 그는 신사 풍모의 중년으로 얼굴에 혈색이 좋고 목소리가 맑게 울렸으며 일에 대한 만족감을 수시로 표하곤 했다. 그것이 단지 부르주아 계급의 몸에 밴 허위적 매너일 뿐임을 알아차리기는 했으나 그래도 그는 활기가 넘치고 일에 대한 열정이 있었다. 그녀는 이런 사람을 결코 좋아하지 않았으며 친구로 삼을 필요도 없었지만 업무 면에서는 기쁘게 협력했다. 냉랭하게 옆에 앉아 있는 그의 부인이 무서워서 루핑은 그곳에 오래 앉아 있을 수가 없었다. 그 부인이 만드는 다정하고 명랑한 분위기 속에 앉아 있기는 했으나 꼭 집어 뭐라 표현할 수 없는 부담감이 느껴졌다.

이런저런 인상에 불안하고 갈팡질팡했지만 하룻밤 자고 나서 그녀는 소맷자락에 앉은 먼지 털듯 깨끗이 털어버렸다. 그녀의 이성이 그 모든 것을 비판했기 때문이다. 잠자리에서 활기차게 일어나니 넘치는 정력을 소유한 사람이 된 듯했고 무슨 일이든 다 해낼 수 있을 것만 같았다. 그녀는 혼잣말로 '새로운 생활을 멋지게 시작하는 거야' 하고 중얼거렸다.

3

매일 아침을 먹고 난 후에 특별한 일이 없으면 그녀는 주임의사를 기다리지 않고 곧바로 산부인과 병실 다섯 곳을 순서대로 회진할 수 있었다. 이곳에 있는 사람들은 대부분 산베이 지역 여성들과 극소수의 ××, ○○, 혹은 △△의 학생들이었다. 그들은 모두 그녀를 반겼다. 다들 걱정스럽고 신중한 눈길로 바라보며 다정하게 그녀의 이름을 불렀고 사소한 증세에 대해 이러저러한 의문들을 제기했다. 이따금씩 그녀 앞에서 자잘하게 성질을 부리기도 했는데,

그건 여자들의 애교였다. 그녀는 모든 사람들의 희망이었다. 처음에는 이런 상황에 흥분을 느끼기도 하고 위안을 받을 수도 있었지만 사람들은 시간이 흘러도 여전히 날마다 똑같은 태도였으며 루펑의 말도 잘 듣지 않았다. 그들은 병들까봐 몹시 겁내면서도 청결에는 신경을 쓰지 않았다. 늘 사용한 종이를 소독도 하지 않은 채 다시 썼고 간호사는 세탁을 하지 못하게 했다. 아이를 낳은 지 사흘도 안되었는데 몰래 일어나 혼자 화장실에 갔고 심지어 몹시 고집스럽게 굴기까지 했다. 다들 이미 어머니가 되었으면서도 여전히 어린애로 취급해주기를 바라는지, 그녀는 매일 똑같은 당부들을 반복해야 했고 어떤 때는 일부러 화난 척까지 해야 했다. 그렇게 해도 방 안은 여전히 불결했다. 청소를 담당하는 간호사도 교육을 받은 적이 없어서 무슨 물건이든 다 방구석에다 쑤셔넣었다. 세탁부는 며칠 동안 오지 않았고 마당 곳곳에 쓰고 버린 솜과 거즈가 널려 있어 아직 죽지 않은 몇마리 파리의 먹잇감이 되었다. 그녀는 할 수 없이 마스크를 쓰고 머리를 수건으로 두른 뒤 커다란 빗자루로 마당을 청소했다. 환자들과 주민들, 간호사들까지 모두 둘러서서 구경만 했다. 그리고 그들은 마당을 금세 원래 모습으로 만들어놓았다. 그 누구도 미안해하는 것 같지 않았다.

장 선생의 부인 말고도 어느 기관인지는 알 수 없지만 총무처장의 부인도 그 자리에 있었다. 그들은 모두 산부인과 간호사로, 석달 동안 간호 지식을 배우면서 한자 단어 몇십개와 열개 남짓한 중국 약 이름을 익힌 정도였다. 그들은 간호 업무에는 아무런 흥미가 없었으며 인식도 없었다. 그래도 그녀는 일하지 않으면 안되었다. 새로운 당혹스러운 상황이 늘어갔다. 외부에서 여학생들이 잇달아 단체로 들어왔는데 이혼에 관한 얘기들을 자주 꺼냈다. 이곳에는 진정으로 각성한 사람도 적지 않아서 각고의 노력을 통해 스스로 독립하여 주체적으로 살고자 하는 여성이 상당했으나 태반은 여전히 우왕좌왕하고 사리에 어두웠다. 두 부인, 특히 그중에서도 스물예닐곱살이나 먹은 총무처장의 부인은 몹시 거드름을 피웠다. 그녀는 본인이 만든 중산복[6]을 입고 숱도 별로 없는 누런 머리칼을 머리띠로 묶고 스스로 예쁘다고 여기고, 거만하게 배에 힘을 잔뜩 준 채 마당을 왔다 갔다 했다. 그녀들은 봉사정신이라고는 털끝만큼도 없을 뿐만 아니라 게으르고 비위생적이었으며, 양말을 깁거나 옷에 풀을 먹이는 일에만 관심을 보였다. 루핑은 그들을 재촉했고 재촉하다 안되면 자신이 대신 해버렸다. 그래도 마음이 안 놓여 그녀는 그들이 소독하고 아이들을 씻기고 옷을 갈아입히고 면봉을 만들고 거즈 마는 것을 지켜보아야 했다. 환자와 산부 들의 고통을 덜어주기 위하여 루핑은 수술을 한 몇몇 환자들과 염증이 생긴 사람들의 환부에 약을 바꿔 붙여주었다. 이처럼 습관이 되어버린 도덕적 배려는 유행하는 것도 아니었고 많은 사람들이 무시하는 것이었지만 그녀에게는 이미 어려서부터 몸에 밴 태도였다.

  오후가 되자 그녀는 기분이 유쾌해졌다. 분만이 임박한 산부가 없어서 다소 여유 있는 시간을 가질 수 있었기 때문이었다. 그녀는 몇몇 회의에 참석해서 전날 밤에 잠을 안 자고 만든 의견서를 제출

---

6 중국혁명을 상징하는 실용적인 남성복 차림으로 쑨원이 고안했으며 '인민복' '마오 룩(look)'이라고도 한다.

했다. 그녀는 열정이 넘쳤지만 세상물정에는 너무나 어두웠다. 그녀는 하루 종일 자신이 목도한 불합리한 일들에 대하여 이야기하고 논쟁을 벌이고 열변을 토했다. 다른 사람들의 표정을 살필 줄 몰랐기 때문에 그녀는 많은 사람들이 감히 말하지 못하고, 말하고 싶어하지 않는 것을 모조리 이야기해버렸다. 몇몇 사람들이 그녀를 지지했고 일부 의사와 간호사 들은 찾아와 이야기를 나누었다. 특히 환자들, 그들도 그녀가 늘 자신들의 생활 관리와 의료 개선을 위하여 많은 사람들과 충돌을 빚고 있다는 이야기를 들었기 때문에 다들 그녀를 동정했다. 하지만 이미 그녀는 병원에서 이상한 사람이 되어버렸고 대부분의 사람들이 이상한 눈길로 그녀를 바라보는 걸 당연히 여겼다.

사실 대부분의 사람들이 그녀의 의견이 바람직하고 또 결코 전혀 실현 불가능한 것도 아니라고 인정했지만 그것들은 너무나 새로웠다. 습관으로 굳어진 지금까지의 생활에 비추어볼 때 지나치게 튀었던 것이다. 하지만 반대하는 이들은 인력과 물자가 부족하다는 이유를 들어 그녀를 반대했다.

그러나 그녀는 개의치 않았다. 누군가가 산부인과 병실에 들어오기만 하면 지적을 했다.

"보세요, 가구가 이렇게 낡았어요. 하나밖에 없는 이 주사바늘이 이미 휘어버렸는데, 의사와 원장 들은 다 구부러진 바늘을 사용하는 법을 배워야 한다고만 말합니다. 고무장갑에 구멍이 나도 상관 안하고요. 때우기도 쉽지 않은데. 그리고 석탄을 두세근 더 때는 게 불가능한 게 아니잖아요. 방이 이렇게 추운데 어떻게 산부와 갓난 아기가 지닐 수 있겠냐구요……”

　그녀는 사람을 대동하고 병실을 돌 때면 간호사는 직업적인 훈련을 받지 않으면 안된다는 것을 이해시키려고 했다. 그녀는 이곳 환자들의 생활이 마치 벌을 받는 것과 같다고 표현했다. 루핑은 그들을 위해 깨끗한 이불과 따뜻한 병실, 영양이 풍부한 음식과 질서 있는 생활을 강조했으며, 그림과 책을 갖춰달라고 요구했고, 형식이 자유로운 좌담회와 소규모 오락회 등이 필요하다고 역설했다.

　사람들은 상당히 흥미로워하며 그녀의 말을 들었지만 씽긋 웃기만 할 뿐 별다른 것이 없었다.

　하지만 전혀 지지자가 없는 것도 아니어서 그녀에게는 두명의 친구가 생겼다. 그녀와 리야는 처음 이야기를 나눌 때부터 아주 마음이 잘 맞아 이내 절친한 사이가 되었다. 외과실에서 조수를 하고 있는 같은 남방 출신의 이 아가씨는 그녀보다 튼튼하고 단순하고 노련해 보였다. 그 두 사람은 지나온 날과 현재, 특히 미래에 대해 이야기를 나누었다. 그들은 꼭 같은 아름다운 환상을 품고 병원 안의 모든 사람들을 평했다. 그들은 어떻게 이렇게나 많은 부분에서 생각이 일치하는지 신기하다고 하면서도 깊이 생각하지 않고 계속 대화를 나누곤 했다.

　리야 말고는 꾸준히 단편소설이나 단막극을 쓰는 외과의사 정평이 있었다. 그는 수술실에서 가장 말이 없는 의사였다. 수술실에서 그는 누구든 함부로 움직이지 못하게 하는 무서울 정도로 엄숙한 얼굴을 하고 있었으며 말없이 손짓으로 대신하였다. 하지만 잡담을 하기 시작하면 그칠 줄을 몰랐을 뿐 아니라 묘사도 잘했다.

루핑은 피곤할 정도로 일을 한 후이거나 어떤 일이나 상황에 의해 까닭 없이 스트레스를 받을 때면 형언하기 어려운 갑갑함을 느꼈다. 하지만 이 두 친구가 찾아오면 그녀는 맘껏 내키는 대로 그들 앞에서 감정을 털어놓았는데 다소 말이 날카롭고 지나치기도 했다. 그녀는 그들이 자신을 이해하지 못하거나 곡해하고 결점을 찾아서 비판하거나 몰래 뒤에서 고발할 수 있다는 우려 같은 것은 전혀 하지 않았다. 그녀는 고뇌가 말끔히 사라졌을 뿐만 아니라 그들과 함께 어떻게 환경을 개선할 것인지, 어떻게 일을 좀더 실제적으로 만들지를 계획하고 구상했다. 두 친구는 한결같이 그녀가 지나치게 열정적이라고 했고 열정은 이성에 의하여 절제되지 않으면 아무 가치가 없다고 말해주었다.

그들은 또한 병원 안의 시시콜콜한 뉴스거리에 대해서도 이야기했다. 예를 들어 린사가 도대체 누구를 좋아하는가, 원장인지, 외과 주임인지, 아니면 제삼의 인물인지에 대하여. 그들은 모두 병원 안에 떠도는 잡다하고 악의적인 소문들을 싫어했다. 실제로 고의로 원장의 위신을 깎아내리려는 의심스러운 기도들도 있었기 때문에 그들은 늘 원장과 린사를 두둔했다. 하지만 세 사람은 모두 내심 사교에 능한 그 여자를 싫어했고 원장에게는 눈곱만큼도 존경심을 갖고 있지 않았다. 특히 루핑은 린사에 대하여 무어라 설명하기 어려운 경계심까지 품고 있었다.

병원에는 또 지도원의 부인이 장팡쯔의 따귀를 때렸다는 소문이 파다했다. 부인은 위생부에 가서 고발을 했고 장팡쯔는 병영의 의무국으로 발령이 났다. 사람들은 그녀가 그곳에서도 똑같은 일을 반복할 것이고 결국 오래 머물지 못할 거라고 추측했다.

병원 사람들은 항상 바빴다. 기술을 배워야 한다면서 하루 종일 회의를 했다. 그런데 사람들은 왜 또 그렇게 한가한지, 누가 누구랑 연애를 한다느니, 누가 당원이고 누가 아니고, 왜 아닌지, 문제가 있으며, 바로 그 부분이 미심쩍다고 서로 수군거리며 소문을 냈다. 이제 사람들은 루핑에 대해 뒷말을 하기 시작하였다. 그녀가 건의한 일들에 대해서가 아니었다. 그녀가 병원의 제도와 시설에 대해 많은 이야기를 할 때, 처음에 사람들은 그녀가 대담하다고도 하고 열심이라고도 했으며 나서기를 좋아한다고도 했다. 그러나 점차 일상적인 일이 되어버려서 더이상 사람들의 흥미를 끌지 못했다. 그녀가 한 얘기들에 반향이 있기는 했지만 그렇다고 무슨 용서 못할 그런 일들도 아니어서 비방거리로 삼기에 충분하지 않았기 때문이다. 그런데 지금은 왜 그럴까? 사람들은 늘 그녀의 등 뒤에서 손가락질했고 심지어 침대에 누워 있는 병자들까지도 이런저런 풍문을 듣고 몰래 살피는 눈빛으로 그녀를 바라보았다.

그런데 예민한 루핑은 정작 전혀 어떤 낌새도 눈치채지 못했다. 그녀는 여전히 정성껏 산모와 아이 들을 돌보며 그들이 필요로 하는 사소한 일들을 해결하기 위해 관리원이며 총무처, 비서장, 심지어 원장을 찾아가서 논쟁을 벌였다. 찬바람 속에서 짧은 솜옷을 바싹 여미고 이 산에서 저 산으로 뛰어다니느라 얼굴이 얼어서 붓고 발뒤꿈치가 늘 갈라졌지만 원망하는 법이 없었다. 특히 늦은 밤에도 그녀는 거의 매일 잠을 잘 수가 없었다. 야간 분만을 기다리는 산모가 있거나 심야에 부르러 와서 그녀를 깨웠기 때문이다. 루핑을 부르러 온 두명의 간호사는 겁이 많아 혼자 밤길 심부름을 다니지 못했다. 어쩔 수 없이 그녀는 얼어 죽을 것 같은 한밤중에 주방에 가서 물을 받아와야 했다. 분만실에 석탄을 때기는 했지만 너무 추워서 고무장갑을 낀 손이 얼어붙어 감각이 없어지곤 했는데, 이럴 때 조급해진 마음을 겉으로 드러낼 수도 없었다. 그래서 그녀는 난산만 아니면 혼자 아이를 받았다. 주임 의사의 집이 멀리 떨어져 있어서 살을 에는 밤중에 거기까지 그를 깨우러 가고 싶지 않았기 때문이다.

그녀는 단지 자신의 업무에만 열심인 것이 아니라 서비스에 대해서도 열정을 가지고 있었고 다른 기술적인 면에서도 더 많은 경험을 쌓으려 했으므로, 운 좋게 일이 없을 때 정평이 수술을 하게 되면 어김없이 참관학습을 갔다. 전시에는 외과 기술이 가장 필요하다고 생각했기 때문이었다. 부득이하게 그녀가 의료 업무에 종사해야 한다면 외과의사로 일하는 것이 조산원보다 훨씬 좋을 거라고 생각했다. 그러면 전방으로 가게 될 것이고 총알이 빗발치는 전장을 뚫고 바쁘게 뛰어다닐 것이다. 이처럼 그녀는 항상 비상을 꿈꾸며 현실에 만족하지 않았다. 최근 정평이 대수술을 앞두고 있다는 얘기를 들은 그녀는 어떻게 하면 그 기회를 놓치지 않을까 궁리했다.

4

　어제저녁에 리야가 전해준 내용을 염두에 두고 있던 루핑은 날이 새기도 전에 눈을 떴다. 새벽 4시 무렵의 날씨는 몹시 차가웠다. 이불이 얇은 탓에 추워서 늘 잠을 깨곤 했는데 한번 깨면 다시 잠들기가 어려웠다. 창문으로 희미한 빛이 들어와 토굴 안의 물건들을 선명하게 비추고 있었다. 그녀는 부러운 눈길로 맞은편 침상에 누운 장 선생의 아내를 바라보았다. 그녀는 언제나 낮 동안 신나게 놀다 지친 아이처럼 밤새 고르게 숨을 내쉬었다. 그녀 역시 루핑처럼 아주 젊은 편이고 업무도 상당히 과중했지만 일단 잠이 들었다 하면 달게 푹 잤다. 그녀가 기억하기에 예전에도 자신은 잠이 들어도 곧잘 깨긴 했다. 하지만 깨었다가도 몽롱하게 몸을 한번 뒤척거리다보면 졸음이 쏟아져 참지 못하고 곧바로 다시 잠으로 빠져들었었다. 그러나 지금은 잠이 오질 않는다. 하지만 그래도 좋았다. 깨어나 희부연 창호지를 바라보며 여러가지 일들, 결코 중요하지 않은 자잘한 일, 평소에 생각할 겨를이 없었던 일 등을 떠올리며 그윽한 기쁨을 맛볼 수 있기 때문이다. 푸르게 펼쳐진 남쪽의 들판과 계곡의 흐르는 물, 마을, 이름을 알 수 없는 키 큰 나무들을 생각했다. 집 안의 마당, 어머니와 형제자매들, 지붕 위에 모락모락 피어오르던 밥 짓는 연기는 지금도 변함이 없는지, 집은 그대로 있는지, 사람들은 다들 떠나버렸는지, 어린 시절의 단짝이었던 그 청년들이 고향을 떠나지는 않았는지? 유격대에 들어간 사람도 있다고 들었는데…… 그녀는 언젠가는 그곳으로 돌아가 들꽃과 초목 내음이 담긴 공기를 마시며 고향 어른들의 품에 안기리라는 상상을 했다. 어머니도 꼭 만나고 싶었다. 집을 떠나온 지 곧 삼년이었다. 그동안 그녀는 많이 강인해졌지만 여전히 어떤 내밀한 구석에서는 어머니의 손길이 그리웠던 것이다……!

창밖으로 소리없이 눈발이 날렸다. 어제 치운 길 위로 또 눈이 쌓였다. 새벽을 알리는 수탉이 멀리서 울고 한차례 나팔 소리가 들릴 듯 말 듯 울려퍼졌다. 그녀는 또 한가지 문제가 떠올랐다.

'수술실에 난로를 준비해두지 않으면 어떡하지?'

그녀는 원장이 원망스러웠다. 그는 고생을 견디는 것만 알지 의료와 간호 업무에 필수적인 최소한도의 조건을 이해하지 못한다. 외과주임도 원망스러웠다. 왜 그녀는 석탄난로를 설치해야 한다고 끝까지 주장하지 못하는 것인가! 정펑도 얘기를 해야 한다. 이것은 그들의 책임이니까 한번 두번 해서 안되면 재차 요구해야 한다! 그녀는 안절부절못하다가 자리에서 일어났다. 살그머니 불을 켜서 등의 심지에 불을 붙이고는 원장에게 부탁하는 편지를 썼다. 그리고 리야에게 자신이 오전에 산부인과 병실을 비울 수 없으니까 가서 일이 되도록 부추기라는 쪽지도 썼다. 이 모든 일을 마치고 나니 날이 훤히 밝았다. 그녀는 긴장되었다. 제발 오늘 오후에는 출산하려는 산모가 없기를 바라며 수술을 참관할 수 있는 좋은 기회를 놓치지 않았으면 하는 마음이 간절했다.

리야는 오지 않았고 답도 없었다. 그녀는 오후 수술에 쓸 물건들을 준비하느라 바빴다. 하나라도 빠뜨려서 환자의 생명에 영향을 준다면 그것은 전적으로 그녀의 책임이었기 때문이다. 그녀는 수술실 전체를 정돈하고 모든 도구를 소독한 뒤, 집어서 쓰기에 편하도록 순서대로 배열했다. 또, 그녀는 두 간호사에게 일을 분담해주고 주의해야 할 점을 알려준 뒤 한치도 태만해서는 안된다고 당부했다.

정평도 와서 한차례 점검을 했다.

"루핑이 보낸 편지 좀 봐."

리야는 새벽에 받은 쪽지를 그에게 건넸다.

"아무리 생각해봐도 오늘은 불가능하고 시간도 촉박해. 그래서 난 루핑이 하라는 대로 하지 않았어. 너무 추우면 나는 수술을 며칠 늦춰도 될 것 같은데, 그건 네가 알아서 결정해."

정평은 쪽지를 접어 그녀에게 돌려주고는 아무 말 없이 양미간을 찌푸렸다. 그리고는 정돈된 칼과 집게, 가위를 둘러보았다. 정교하게 만들어진 작은 금속도구들이 차가운 빛을 발하고 있었지만 오히려 익숙하고 친근하게 느껴졌다. 그는 이 모든 것을 한차례 다 둘러본 후에 리야를 향해 고개를 끄덕였다. '좋다'는 뜻이었다. 그들은 지금은 단지 업무상의 관계여서 그는 명령을 내리고 그녀는 따를 뿐, 친구로 지낼 때의 장난스러운 태도는 그녀에게 허락되지 않았다. 그는 마지막에 자리를 뜰 때가 되어서야 한마디 했다.

"2시까지 다 정리해놔. 불을 좀더 세게 피워놓고. 환자들은 우리가 난로를 설치할 때까지 기다릴 수가 없어."

점심을 먹자마자 루핑은 이쪽 산으로 달려왔다.

리야도 방금 전의 침묵과 엄숙함에 감염되어 루핑에게 환자들이 난로를 설치할 때까지 기다렸다가 수술을 받을 수는 없다는 말만 하였다. 수술실에 이미 몇 사람이 와 있는 것을 보고 루핑은 어쩔 수 없이 분위기에 눌린 채 아무 말 없이 소독된 옷으로 갈아입으러 갔다.

환자의 옆구리 아래 복부에 작은 쇳조각이 박혀 있었다. 두달 전에 맞은 포탄인데 지금까지 이런 파편을 그의 몸에서 이미 열두개나 꺼냈다. 유독 이 한개를 꺼내기가 어려워서 한번 수술을 했지만 찾지 못했다. 이번에 두번째 수술을 하는 것은 최근에 환자에게 영양을 충분히 섭취하게 한 덕분에 힘이 좀 생겼기 때문이다. 그는 혼자 걸어서 수술실까지 올 수 있었고 수술하는 김에 맹장도 잘라낼 예정이었다. 그런데 수술대에 올라가자 그의 안색이 하얗게 변했다. 두렵고 진저리 난다는 눈빛으로 하얀 옷을 입은 사람들을 바라보고는 떨면서 물었다.

"얼마나 걸리죠?"

"금방 끝납니다."

누군가 그에게 답해주었다. 하지만 루핑은 의사들이 환자에게 항상 사실대로 말해주진 않는다는 것을 잘 알고 있었다.

정평은 일하기 좋게끔 속에 셔츠 하나만 입었고 리야도 솜옷을 입지 않았다. 모두들 마치 신을 시중드는 것처럼 경건하고 신중했다. 환자는 거기에 누웠고 그들은 약물로 그를 소독했다. 원래 있던 상처를 보니 일자형으로 한치쯤 되게 나 있었다. 정평이 손짓을 했는데 그녀는 간호사가 약 따르는 것을 도와주라는 뜻임을 알아차렸다. 클로로포름 냄새가 확 끼쳤다. 그녀는 소량을 맡았기 때문에 괜찮았으나 숫자를 세던 환자의 목소리는 금세 잦아들었다.

그녀는 정펑이 능숙한 솜씨로 긋고 자르고 열어젖히고, 흐르는 피를 바삐 거즈로 말끔히 닦아내고 사용하는 도구를 신속하게 바꾸는 모습을 지켜보았다. 리야가 한치의 오차도 없이 도구를 건네주는 것도 보았다. 의사는 칼로 상처를 한치 반 정도 자른 뒤 거기에서 붉은 것과 푸른 것을 조심스럽게 끄집어내고 다시 집게를 집어넣어 깊숙이 숨은 쇳조각을 찾고 또 찾았다.

수술실은 세 양동이의 목탄을 지폈는데도 여전히 추웠다. 루펑은 배를 훤히 드러낸 채 마취된 상태의 환자가 수시로 걱정됐다. 그녀는 맡은 직무를 조금이라도 소홀히 할 수 없어 때때로 환자의 호흡과 반응을 체크했다.

의사는 누르면서 귀를 기울이고는 또다시 배를 열어젖혔다. 내장들이 얼기설기 엉켜 있었는데, 열어젖힌 상처에서 희미하게 더운 김이 모락모락 피어올랐다. 반시간이 다 되어가자 루펑은 걱정스런 표정으로 정펑을 바라보았으나 그는 본체만체하고 칼로 자른 곳을 위로 더 끌어올리더니 옆구리 뼈가 있는 곳에서부터 다시 찾기 시작했다. 피가 흐를 때마다 그는 그것을 닦아내야 했다. 환자의 얼굴은 더 창백해졌고 그녀는 환자가 추울까봐 걱정이 되었다. 그런데 정작 자신이 어지럼증을 느끼기 시작했다.

수술실은 꼭 닫혀 있었고 세 양동이의 석탄은 활활 타고 있었다. 루펑은 시계를 보며 조급해졌다. 벌써 사십오분이 지났는데 이 일곱명이 이렇게 바람이 통하지 않는 방 안에서 어떻게 더 견딜 수 있을 것인가?

마침내 의사는 가장 작은 핀셋으로 쇳조각을 집어냈는데, 쌀알만 한 크기였고 쇳조각 주위로 살들이 조금씩 곪아 있었다. 이번에는 맹장을 잘라내기 시작했다. 루펑은 머리가 몹시 어지러웠지만 애써 버티고 있었는데 갑자기 리야가 침대에 기대어 꼼짝도 하지 않았다. 방 안에 너무 오래 있어서 가스에 중독된 것이었다.

"시원한 마당으로 데리고 나가."

정펑이 두명의 간호사에게 명령했다. 다른 의사 둘이 리야가 하던 일을 대신하였다. 루펑은 리야가 죽은 사람처럼 실려나가는 것을 보자 눈물이 솟았다. 루펑은 리야가 살았는지 죽었는지 몰라서 따라나가보고 싶었지만 자신이 다른 한 사람의 생명을 책임지고 있다는 것을 분명히 알고 있었기에 갈 수가 없었다. 정펑의 동작은 더 빨라졌다. 하지만 그가 다 끝내기도 전에 루펑도 버티지 못하고 신음 소리를 냈다.

"입구 쪽으로 부축해서 옮기고 문을 좀 열어놔."

입구에 눕혀지자 정신이 조금 돌아온 루펑은 손을 저으며 소리쳤다.

"들어가! 들어가라구! 그 사람 혼자서는 안돼!"

그리고 그녀 혼자서 문밖으로 기어나오며 리야가 있는 곳으로 가려고 했다. 돌아온 간호사 두명이 그녀를 조금 끌고 가다가 내려놓았다.

그녀는 꼼짝하지 않았다. 눈발이 그녀의 얼굴 위로 쌓였다. 몸이 덜덜 떨렸고 이가 딱딱 마주치고 머릿속이 마치 뭔가에 세게 부딪힌 것 같았다. 얼마나 잠들어 있었을까, 여러 사람이 그녀 옆으로 오는 소리가 들렸고 환자가 들린 채 돌아가는 것을 느낄 수 있었다. 그녀는 속으로 날이 이미 저물었구나 하고 생각했다. 집으로 돌아가서 자야 했지만 또 리야를 보러 가고 싶기도 했다. 만약 리야에게 무슨 일이라도 생긴다면, 아! 그애는 아직 너무나 어린데!

차가운 바람에 그녀는 이미 정신이 들었지만 여전히 격한 감정과 흥분, 허약해진 심정에서 헤어나오지 못하였다. 그녀는 눈밭 위를 이리저리 달렸다. 바람이 그녀 주위로 불었고 어둠이 내리고 있었다. 눈물과 눈물이 범벅이 된 채 그녀는 소리를 질렀다.

"이렇게 죽고 마는 거야? 그애 엄마는 아무것도 모르시는데……!"

그녀는 리야를 찾지 못하고 자신의 토굴집으로 돌아왔다. 정신이 완전히 맑아져 있었다. 조용하게 잠을 자야 했지만 뭔가 알 수 없는 것에 억눌려 견딜 수가 없어 울며 소리치고 싶었다.

환자들도 다 그녀의 집으로 몰려와 온갖 추측을 했다. 이불을 서너장 덮고 있었지만 그녀는 여전히 이불 속에서 덜덜 떨었다.

11시가 되자 정평은 진정제를 가지고 그녀를 보러 왔다. 정평도 머리가 깨질 듯이 어지러웠지만 수술이 끝날 때까지 버텼다. 그는 인적 없는 눈 쌓인 산등성이에 가서 한시간쯤 앉아 있다가 머리가 맑아진 뒤에 돌아와서 뜨거운 물을 좀 마셨다. 리야를 보러 가니 그녀는 이미 깊이 잠들어 있었다. 그는 요기를 좀 한 뒤에 약을 들고 루핑을 보러 온 것이었다.

루핑은 친구가 옆에 있는 것을 보자 마음이 약해져 울기 시작했다. 어머니가 보고 싶었고 어머니 품에 안겨 실컷 울고 싶다는 생각만 났다.

정평은 그녀가 약을 다 먹는 것을 지켜보고는 돌아갔고, 그녀가 언제 잠이 들었는지는 아무도 몰랐다. 다음 날 리야가 그녀를 보러 왔을 때 그녀는 여전히 누워 있었다. 그녀는 모든 의욕이 사라진 것 같다고, 그냥 이렇게 누워서 꼼짝도 하고 싶지 않다고 리야에게 말했다.

5

루핑은 병이라도 걸린 것처럼 며칠 동안 나오지 않았고 병원에는 소문이 날개 돋친 듯이 퍼졌다. 소문은 제각각이었다. 어떤 사람은 그녀와 정평이 연애하는 사이인데 그날 밤 그녀가 미쳤고 지금은 상사병에 걸렸다고 했다. 어떤 이는 조직에서 그들의 연애를 허락하지 않았는데 이유가 정평이 당원이 아니고 이력이 불분명하기 때문이라고 했다……

루핑 자신은 이런 소문을 들을 수가 없었으며 그저 머릿속이 어지럽기만 했다. 현실 생활이 너무 두려웠다. 그녀는 그날 밤, 많은 사람들이 자신의 곁을 지나갔는데도 왜 한 사람도 도와주지 않았는지에 대해 생각했다. 그녀가 보기에 원장은 돈 몇십 위안을 아끼기 위해 환자와 의사, 간호사에게 위험을 무릅쓰게 했다. 그녀는 자신의 일상생활을 돌아보며 도대체 혁명이 무슨 소용인지 물었다. 혁명이 진정 수많은 인류를 위한 것이라면 왜 가장 가까운 동료에 대한 사랑이 이렇게 부족한 것인가. 그녀는 머뭇거리며 자신에게 물었다. 혁명에 대한 나의 신념이 흔들리고 있는 것일까?

전부터 있던 신경쇠약 증세가 도져 그녀는 밤마다 불면증에 시달렸다.

지부의 어떤 사람이 그녀를 비판했다. 소부르주아적 계급의식과 지식인의 영웅주의, 자유주의자라는 모자가 그녀의 머리에 씌워졌고 결국에는 당성이 약하다고 지적받았다.

원장도 그녀를 불러 한차례 훈계를 했다.

환자들도 냉담하게 대하며 그녀를 낭만주의자라고 했다.

그래, 투쟁을 해야 한다! 그런데 누구와 투쟁해야 하지? 모든 사람들과? 만약 그녀가 그들과 투쟁하지 않을 거라면 마땅히 물러나서 여기 있는 사람들을 성가시게 하지 말아야 한다. 그러면 어디로 가야 하나? 그녀는 있는 힘을 다해 일어나려고 했다. 그리고 이리저리 걸으면서 방금 전의 느낌을 되찾으려고 했다. 그녀는 종일 토굴집에 틀어박혀 양미간을 찌푸리며 깊은 생각에 빠졌다.

정평과 리야 두 사람도 그녀가 왜 순식간에 나약해졌는지 의아해했다. 그들은 자주 그녀를 찾아와 이야기를 나누며 근심을 덜어주었으나 질책할 때가 더 많았다. 심지어 지도원 동지조차 소문을 믿고 그녀를 정식으로 불러 연애 때문에 사업에 지장을 주어서는 안된다고 질책했다.

이런 이야기를 들은 그녀는 놀랐고 모욕을 당한 듯한 수치감을 느꼈다. 하지만 역으로 이 소문은 그녀에게 격한 분노를 일으켰기 때문에 마치 원수를 찾는 것처럼 사방에서 빈틈을 찾아 공격하게 만들었고 매사에 잘못을 찾아내 비판하게 했다. 그녀는 날마다 어떻게 하면 다른 사람을 공격해서 쓰러뜨릴까 고심했고 진리는 영원히 자기편이라고 확신했다.

이제 그녀는 다른 어떤 힘에 의지해 지탱해가고 있는 것처럼 보였다. 틈만 나면 병실로 가서 온갖 이야기를 수집해서 그들을 고발하려 했다. 그녀가 6호 병실에 들어갔을 때 그곳에는 양다리가 없는 학질 환자가 있었다. 그는 그녀가 말을 꺼내기도 전에 그녀를 불러 앉히더니 집안 식구처럼 다정하게 대했다.

"동지! 내가 병원에 온 지 이주가 좀 넘었소. 사람들이 당신에 대해 말하는 것을 듣고 이야기를 나누고 싶었는데 정말 잘 오셨소. 나에게 예의를 차릴 필요는 없습니다. 나는 이렇게 기대야만 당신과 얘기할 수 있어요. 두 다리가 없거든요."

"왜 그렇게 되셨죠?"

"의료 업무가 제대로 이뤄지지 않고 인재가 없어서 억울하게 내 두 다리를 잘라내야 했기 때문이지요."

"언제 이렇게 되셨는데요?"

"삼년 전이랍니다. 그땐 밤마다 자살하고 싶은 생각뿐이었지요."

루핑은 무슨 말로 위로해야 할지 몰라 이렇게 말했다.

"저는 정말 더이상 머물 수가 없어요. 병원이 어째 이 꼴인지!"

"동지, 지금은, 지금은 그래도 좋아진 겁니다. 보세요, 몸에 이가 거의 없잖아요. 처음에 이 두 다리 때문에 입원했을 때는 내 몸뚱이를 전부 이한테 먹이로 내줄 지경이었거든요. 당신은 원장이 나쁘다고 하는데, 하지만 그가 무슨 일을 하던 사람인지 당신도 알지 않습니까. 낫 놓고 기역 자도 모르는 농사꾼이었잖소! 지도원도 그저 송아지를 치는 사람이었을 뿐이구요. 군대에서 자란 사람이니 안다고 한들 얼마나 알겠습니까? 맞아요, 그들은 다 전문가가 아니에요. 사람을 바꿔야 합니다. 그런데 누구로 바꾸지요? 보세요, 윗사람들도 다 똑같은 사람들인데. 당신이 그들보다 훨씬 지식이 많습니다. 그들보다 책임을 질 수 있는 부분도 더 많구요. 하지만 기름, 소금, 땔나무, 양식, 이 잡다한 일상사가 다 업무인데, 당신이 처리할 수 있나요? 이런 업무방식은 바뀌어야 해요. 아, 그런데 그게 쉽나요? ……당신은 좋은 사람이고 올바른 생각을 갖고 있어요. 당신이 오자마자 나는 당신 얼굴을 보고 알았습니다. 하지만 당신에게는 책략이 없어요. 당신은 너무 어려요. 서두르지 말고 천천히 무슨 일이 있으면 와서 거리끼지 말고 얘기하세요. 고발하는 것도 괜찮지요. 어쨌든 쓸모가 있을 테니까요."

그는 껄껄 웃으며 멍해 있는 그녀를 바라보았다.

"당신은 누구시죠? 어떻게 모두 다 알고 계시죠? 좀더 일찍 당신을 알았더라면 좋았을 텐데."

"누구나 다 알고 있는 건데요. 가서 취사병에게 물어보시오. 누가 내게 이런 얘기를 해주었겠소? 누가 당신에 대해 나에게 말해주었냐구요? 여기 이 사람들도 다 알고 있으니까 당신은 마땅히 그 사람들과 많은 이야기를 해야 할 겁니다. 몇몇 사람만 쳐다보고 있지 말고. 안 그러면 당신은 고갈되고 말 겁니다. 자신과의 격심한 자아투쟁 속에서 버텨나가는 것이 결코 쉬운 일이 아니니까."

그녀는 그가 정말 기이한 사람이라는 생각에 자리를 뜰 수가 없었다. 마치 어린 동생에게 하듯 그는 자신의 겪어온 많은 사건들을 그녀에게 이야기해주었다. 너무나 잔혹한 투쟁도 있었다. 그는 풀어서 설명해주고 격려하고 인내심 있게 가르쳐주었다. 그녀는 그가 과거에 학생이었고 쏘련에 다녀왔으며 지금은 불구가 되어 전우들이 읽을 통속물을 쓰고 있음을 알게 되었다. 그녀는 그를 위해 눈물을 흘렸다. 하지만 정작 그 사람은 자신의 영락에 대하여 별 느낌이 없는 것 같았다……

며칠 지나지 않아 그녀와 면담을 하기 위해 위생부에서 사람이 파견되었다. 그러나 그녀는 고발하지 않았다. 다만 몇 차례의 설명과 조사를 거치는 동안 다행히도 이해를 구할 수 있었다. 그리고 다시 공부하고 싶다는 그녀의 요구가 받아들여졌다. 병원을 떠날 무렵, 아직 얼음이 녹지는 않았지만 얼굴에 와닿는 바람은 매섭지 않았다. 그녀는 정말로 봄을 맞이하는 심정으로 이곳을 떠났다. 리야와 정평 모두 그녀와의 이별을 아쉬워했지만 그녀는 양다리가 없는 사람이 들려준 이야기를 그들에게 전해줄 수 있을 뿐이었다.

새로운 생활이 시작되려고 하지만 거기에는 또 새로운 난관이 있을 것이다. 무릇 사람은 온갖 시련을 겪고도 꺾이지 않아야 비로소 쓸모가 있다고 할 수 있을 것이다. 왜냐하면 인간은 고난 속에서 성장하니까.

발사되지 않은 총알 하나
一顆未出膛的槍彈

"무슨 소리를 하는 거니! 아가야, 무서워할 거 없단다. 봐라, 나
는 불쌍한 늙은이야. 어떻게 널 해칠 수 있겠냐?"

검은 수건을 두른 합죽할미의 이마 위로 성긴 백발 몇 가닥이 어
지럽게 날리고 있었다. 노파는 낡아빠진 솜옷 차림에 나무로 만든
지팡이에 기댄 채, 자기 앞에서 당황해서 어쩔 줄 몰라하는 아이
를 친근하게 쳐다보고 있었다. 남루하다 못해 모자조차 쓰지 않은
아이였다. 노파는 이가 빠지고 없는 입을 오물거리면서 웃으며 말
했다.

"네가…… 응…… 우린 알지……"

소년은 대략 열세살쯤 되어 보였는데 기민한 눈동자를 데굴데
굴 굴리며 의심스러운 듯이 노파를 쳐다보고 있었다. 노파는 정이

많고 진실해 보였다. 소년은 아득하게 끝없이 펼쳐진 평원을 다시 바라보았다. 사람 그림자라고는 보이지 않았으며 나무 그림자조차 찾아볼 수 없었다. 이미 해는 졌고 지평선에서 모락모락 아지랑이가 피어올라 끝이 보이지 않을 만큼 멀리 뻗은 큰길이 가물가물하였다. 이 큰길이 소년의 희망을 멀리 싣고 가버려 그의 희망도 희미해졌다. 소년은 고개를 돌려 노파를 찬찬히 탐색하며 또다시 물었다.

"정말 하나도 모른단 말예요?"

"몰라, 나는 총소리를 못 들었고 아무것도 못 봤어. 아니, 봄에 홍군[1]이 여기를 지나갔을 때, 그 동지들은 정말 좋았지. 사흘을 머물렀는데 우리한테 노래를 들려주고 이야기도 해주었거든. 우리가 양 세마리를 잡았는데 막무가내로 우리에게 눈부신 은으로 만든 양화 8콰이를 주더라고! 그후에 동북군[2]도 따라왔는데 그 작자들은 말도 못해, 에잇……"

노파는 고개를 절레절레 흔들며 허공을 응시하던 눈을 다시 소년의 얼굴로 향했다.

"어쨌든 나를 따라서 돌아가자꾸나. 어두워졌으니까. 네가 어디로 가서 만약에 딴 사람의 손에 잡힌다면, 흠……"

한번은 걷고 한번은 짚으며 그녀는 앞으로 걸어갔다. 양모로 짠

---

1 1920년대 후반에 창설된 중국공산당의 군사조직. 항일투쟁기에는 팔로군, 신사군으로 명칭을 바꿨다가 인민해방군으로 개칭되었다.
2 동북변방군을 줄여서 부르는 것으로, 1920년대 만주 일대의 군벌을 기반으로 했던 국민당 정부의 군대이다.

긴 양말 한켤레가 전족을 한 발을 감싸고 있었다.

소년은 사방에 어둠이 내리는 것을 계속 지켜보다가 마지못해 노파의 뒤를 따랐다. 소년은 다정한 목소리로 물었다.

"어르신, 집에 식구가 모두 몇명이세요?"

"아들 하나는 다른 집에 양을 쳐주러 갔고 며느리랑 손녀는 모두 재작년에 죽고 말았어. 재작년에 죽은 사람이 아주 많았는데죄다 똑같은 병에 걸렸지. 무슨 사악한 기운 때문이라고 하던데?"

"어르신은 어디에 갔다 오시는 길인가요?"

"질녀가 애를 낳았는데 보고 오는 길이야. 그애네 집에서는 잘 수가 없어서 이십리가 넘는 길을 오가다보니 다리가 다 못 쓰게 되었지 뭐야."

"제가 부축해드릴게요."

소년은 앞으로 달려가 친절하게 노파를 부축하면서 고개를 들어 산발한 긴 머리칼 사이로 또다시 그녀를 살펴보았다.

"마을에는 몇 사람이나 살아요?"

"얼마 안돼. 일고여덟 가구, 다 농사짓는 가난한 사람들이야. 너는 누가 너를 해칠까봐 무섭니? 그럴 리가 없단다. 그런데 너는 도대체 어쩌다가 이리로 오게 된 거냐? 말 좀 해봐라, 이 꼬마 홍군아!"

노파는 늙어 정기가 사라진 눈을 간사스럽게 깜박였다. 하지만 더이상 감정을 표현할 수 없게 된 노파의 무딘 눈동자는 떠돌이 소년을 다정하게 어루만지고 있었다.

"그런 얘기는 하지 마세요."

소년도 웃으며 작은 소리로 노파에게 말했다.

"마을로 돌아오는 길에 그냥 주워온 아이라고 해두지요, 뭐. 어르신, 제가 정말로 어르신 아들 노릇을 할게요. 전 밥도 지을 줄 알고 땔나무도 할 줄 아는데. 가축 기르세요? 가축도 기를 줄 아는데……"

가축, 소년은 대춧빛의 그 말이 떠올랐다. 온몸이 단색이고 오직 코에만 한 줄기 하얀 줄무늬가 있는, 정말 훌륭한 말이었다. 그는 항상 말의 코를 쓰다듬으며 바라보았고 말도 그를 쳐다보며 히힝 가볍게 김을 뿜으며 코끝을 비벼댔다. 얼마나 사랑스러운 말이었는지! 소년이 반년 동안 길렀던 그 말은 풀밭에서 얻은 것으로, 정치위원의 말이었는데 단장의 백마보다 훨씬 훌륭했다. 말 생각이 떠오르자 목 위로 휘날리던 긴 갈기와 아래로 늘어뜨린 꼬리가 눈에 보이는 것 같았다. 그리고 또…… 마치 다 이해한다는 듯이, 말이 소년에 대한 애정을 가득 담은 눈동자로 자신을 바라보고 있는 것만 같았고 그러자 자기도 모르게 눈가에 눈물이 고였다.

"저는 가축을 길렀어요! 내가 길렀다구요!"

소년은 고집스럽게 같은 말을 하고 또 했다.

"아, 네가 가축을 길렀다고? 그럼 네 가축과 주인은 어디로 간 거냐? 너만 여기에 남겨놓고!"

두 사람은 느릿느릿 걸어 계곡 입구에 도착했다. 골짜기에는 들쭉날쭉하게 들어선 몇채의 토굴집이 있었고 흙담이 둘러쳐진 마당이 둘 있었다. 소년은 노파를 잡고 경사진 길을 걸어내려갔지만 감히 소리를 내지 못하고 눈만 크게 뜬 채 사방을 살펴보았다. 골짜기 안은 이미 어둑어둑해지고 있었다. 토굴집 두채에서는 벌써 희미한 등잔 불빛이 흘러나오고 나귀 한마리가 맷돌을 돌리고 있었다. 사람은 보이지 않았다. 두 토굴집 앞을 지나갈 때 문틈으로 연기가 피어오르는 것이 보이자 소년은 노파 뒤로 몸을 숨겼다. 두 사람은 어느 토굴집 앞에 멈춰 섰다. 자물쇠로 문을 연 노파는 소년을 먼저 들어가게 했다. 실내는 귀신이 나올 것처럼 깜깜해서 그는 감히 꼼짝도 하지 못한 채 노파가 더듬더듬 들어가서 무언가를 찾는 소리를 듣고 있었다. 노파가 호롱에 불을 붙이자 한점 불빛이 사방으로 퍼졌다.

"겁먹지 마라, 아가야!"

쉰 목소리로 노파가 말했다.

"가서 불을 피워라. 우리 좁쌀죽 좀 쑤어 먹자. 너도 배고프지?"

아궁이 앞에 앉자 아궁이 속의 불꽃이 두 사람의 얼굴을 향해 계속 날름거렸다. 솥에서 김이 뿜어져나왔고 노파는 이따금씩 소년을 쓰다듬었다. 몸이 따뜻해지자 소년은 배고픔을 느꼈다. 오늘 밤은 따뜻한 온돌에서 지낼 수 있다는 사실에 만족한데다 이미 극심한 피로를 느끼고 있었기 때문에 급격하게 졸음이 몰려왔다.

산베이 지역[3]의 겨울밤에는 항상 한차례 서북풍이 분다. 차가운 달이 얇은 구름 속으로 지나가고 시커먼 물 같은 빛무리가 드넓은 황무지에 퍼져 있었다. 그러나 여기 황토에 파묻힌 어느 캄캄한 동

---

3 중국 동북부의 고원지대. 1927년부터 시작된 국민당과의 내전에서 열세에 몰린 공산당이 '장정' 끝에 옌안을 포함한 산베이 지역에 자리를 잡으면서 항일 투쟁 및 공산주의혁명의 거점이 되었다.

굴에서는 달콤한 꿈이 이 떠돌이 소년을 안아주고 있었다. 소년은 그때 막 그의 부대로 돌아가서 통신병, 아니면 선전대 단원과 장난을 치기도 하고, 단장에게 그의 귀를 잡힌 채 친근하게 놀림을 당하기도 하였다.

"너 요놈의 꼬추야, 네놈은 밥은 먹는데 왜 자라지는 않는 거냐?"

어쩌면 소년은 한창 대춧빛 말을 먹이면서 여물을 씹고 있는 말의 아래턱을 어깨로 떠받치고 있었는지도 모른다. 남루하기 그지없는 행색의 외로운 노파 역시 집 밖 먼 곳에서 고생을 한 까닭에 소년 옆에서 깊은 잠으로 빠져들었다.

"나는 와야오바오⁴ 사람입니다."

마을 사람들은 소년을 놀릴 때면 늘 이렇게 말하곤 했다. 이것이 거짓말이라는 것은 누구나 다 알고 있었다. 특히나 몇몇 젊은 여자들은 신발을 벗어 손가락에 받쳐들고 그의 면전으로 다가가서 얼어서 갈라터진 소년의 작은 손을 쓰다듬으며 물었다.

"너는 도대체 어디에서 왔어? 네가 하는 말을 우리는 이해할 수가 없다구! 와야오바오라고? 이 꼬맹이가 사람을 놀리네!"

소년은 사람들을 따라서 멀리까지 풀을 베러 갔다. 커다랗게 묶어서 눌러 쌌는데 사람을 안에 넣어도 될 정도로 큼직하게 묶어서 돌아왔다. 사방에는 전혀 사람의 흔적이 없었고 먼지로 가득한 모

---

4 산베이 지역에 있는 유명한 혁명유적지이자 요새로 '천하의 요새는 와야오바오' 라는 말이 있다. 공산당의 주도로 국공합작에 대해 논의하기 위해 1935년 12월 17~25일에 진행된 와야오바오 회의 이후에 유명해졌다.

랫길 위에도 말이나 사람의 어지러운 발자국을 좀처럼 찾아볼 수
가 없었다. 그는 해가 뜨고 지는 것을 보고 방향을 구별할 줄 알았
다. 그는 뚫어지게 동남쪽을 바라보았다. 그곳에는 그의 친구들과
사랑하는 사람들이 있고 사방을 떠돌아다니는 소년이 나고 자란
집이 있었다. 그들, 그 대규모 부대는 도대체 소년으로부터 얼마나
멀리 가버린 것일까? 소년은 헤어지기 직전 마지막 며칠간의 기억
을 떠올리며 괴로워했다. 비행기를 피하기 위하여 마부 몇명과 특
무원 몇명이 책임자들을 따라 산의 움푹한 곳으로 피신했을 때 그
는 작은 동굴로 숨어들어가 연신 터지는 폭탄 소리를 들으며 자신
이 수없이 겪었던 위험한 고비들을 떠올렸다. 잠시 후 조용해져서
동굴에서 기어나오니 자기 혼자뿐이었다. 고래고래 소리를 지르며
맞다고 생각되는 길 위를 미친 듯이 달려갔지만 한 사람도 만나지
못했다. 외롭게 오후 내내 배회하다 밤이 되니 추워서 잠도 오지
않았다. 이튿날 또다시 해가 질 즈음에 비로소 노파를 만났다. 그는
운이 좋은 편이었다. 마을 사람들 모두 그를 좋아했고 대체로 다들
그가 낙오한 홍군이라고 짐작하고는 잘 대해주었기 때문에 결코
걱정할 만한 일이 생기지 않았다.

그러나 운이 지독하게 나쁘기도 했다. 그들은 왜 가버린 걸까?
그가 없어졌다는 것을 몰랐을까? 그는 돌아가야 했다. 그곳 생활이
몸에 배었을 뿐만 아니라 그런 생활만이 그를 성장할 수 있게 해주
기 때문에 그는 그들이 돌아오거나 대오에서 낙오한 다른 사람을
만날 수 있기를 간절히 바랐다. 저녁에 그는 또 물을 길러 갔지만
아무런 소식도 듣지 못했다. 광막한 벌판을 뚫어지게 보고 있노라

면 마치 귀에 익은 점호 소리가 들리는 것만 같았다.

이웃 토굴집에 사는 허우성의 검은 눈동자는 생기가 넘쳤고 입은 큼지막하였다. 그는 종종 어깨를 툭툭 치며 소년에게 노래를 불러보라고 했다. 소년은 처음 만났을 때부터 그와 친해지고 싶었는데 나중에서야 그가 부대의 군단장을 닮았음을 깨달았다. 소년은 군단장을 몇번 봤을 뿐이었다. 한번은 행군을 하던 중 군단장이 쉴 때 그의 말을 끌고 물을 먹이러 간 적이 있었다. 군단장은 웃으며 소년에게 물었다.

"꼬마 마부는 어디에서 왔나? 어떻게 홍군이 되었지?"

소년은 이렇게 대답했던 것 같다.

"군단장님이 홍군이 되신 것과 같은 이유로 저도 홍군이 되었습니다."

군단장은 크게 웃으며 말했다.

"내가 물은 것은, 왜 일본제국주의를 쳐부수려고 하느냐는 거야."

소년은 군단장이 낮은 소리로 자신의 옆에 앉아 있던 사람에게 하는 얘기를 들었다. "잘 교육시키게. 이 꼬마는 대단한 놈이야."

그때 그는 하마터면 튀어오를 뻔했다. 군단장의 진실한 얼굴을 보며 와락 안기고만 싶었다. 그때부터 소년은 군단장을 더욱 좋아하게 되었다. 지금 꼭 군단장처럼 생긴 이 허우성 때문에 소년은 멀리 가버린 그들 생각이 더 간절했다.

어떤 이는 옥수수로 만든 찐빵을 보내오고 어떤 이는 배추절임한 접시를 보내주었다. 소년은 양모로 짠 양말을 신고 머리에 낡은 펠트모자도 썼다. 그는 붉은 별이 다섯개 달린 모자를 여전히 가슴에 품고만 있을 뿐 감히 꺼내지는 못했다. 다들 신이 나서 무용담을 들려달라고 꼬치꼬치 캐물었는데, 한결같이 홍군에 대해서 진실하게 얘기해주기를 바라는 듯했다.

"홍군은 좋아요! 금년 봄에 우리 형이 쏘비에뜨 지구에 갔는데 살기가 좋았다고 했어요. 홍군 모두가 주민들이 농사짓는 것을 도와주었대요!"

"이렇게 어린애가 홍군이 되었는데, 너의 어머니 아버지는 알고 계시니?"

"동지! 맞지? 다들 그렇게들 부르더라고. 동지! 마음 놓고 편히 얘기해봐. 우린 다 한식구니까!"

천진스럽고도 열정적인 미소가 소년의 얼굴에 떠올랐다. 사실 주민들이 건네는 이러한 말과 표정을 늘 접해왔다. 그러나 이렇게 외톨이로 마을에 남겨졌는데도 오히려 더 친절하게 대해주리라고는 생각하지 못했다. 그는 잠시 동안 우울함을 말끔히 잊어버리고 홍군이 어떤 군대인가를 조곤조곤 설명했고 소조 모임이나 강연에서 배운 내용들을 반복하면서 많은 문장들을 능숙하게 외워냈다.

"홍군은 혁명적 군대입니다. 노동자와 농민 대다수의 이익을 위해서…… 우리 홍군이 당면한 임무는 바로 중화민족의 해방을 위해서 분투하고 일본제국주의를 쳐부수는 거예요. 일본이 곧 중국을 멸망시키려고 하기 때문에 망국의 노예가 되기를 원치 않는 모든 사람들은 다 홍군에 참가해서 일본을 쳐부수어야 하지요……"

그는 자신을 에워싸고 있는 얼굴들이 다 상기되어 너무나 부럽다는 표정을 짓고 있는 것을 보고는 더욱 신이 났다. 노파도 입을 납작하게 펴고 웃으며 말했다.

"다들 이 꼬마가 우리 동네 출신이 아니라는 걸 한눈에 알 수 있겠지. 보라고, 이 말솜씨가 얼마나 기가 막힌가!"

이어서 그는 전투 경험을 이야기했다. 결코 과장이 없는 사실이었음에도 그가 묘사한 내용은 사람들로선 도무지 믿기가 어려운 것이었다. 할 수 없이 그는 이렇게 덧붙일 수밖에 없었다.

"그것은 우리가 교육을 받았기 때문이에요. 다른 사병은 한달에 2전의 군량을 받기 위해서 싸우지만 우리는 계급과 국가의 이익을 위해서 싸우기 때문에 홍군은 그 누구도 죽음을 두려워하지 않아요. 하지만 누가 2전을 받고 목숨을 내놓겠어요?"

또 소년은 사람들에게 많은 노래를 들려주었는데 어린아이들이 다들 따라서 배웠다. 여자들은 이마에 흘러내린 앞머리를 쓸어올리며 하얀 치아를 드러내고 웃었다. 그러나 밤이 되어 다들 돌아가고 나면 그는 말이 없어졌다. 소년은 다시 부대가 생각나고 기르던 말이 보고 싶었다. 그리고 만약 이 마을 사람 가운데 누가 밀고라도 한다면 자신은 어떻게 될 것인가 두려웠다.

노파는 그의 속마음을 눈치챈 듯이 소년을 온돌 위의 이불에 앉혀놓고는 교활하게 웃으며 말했다.

"만약 어떤 나쁜 놈이 온다면 너는 병에 걸린 척하고 이렇게 누워 있으면 되지 않냐? 걱정일랑 손톱만큼도 할 필요가 없단다. 이곳 사람들은 다 좋은 사람들이니까!"

마을 사람들도 이렇게 소년을 안심시켰다.

"훙군이 다시 올 거야. 너는 그때 돌아가면 돼. 우리가 다 너와 함께 갈 거니까, 됐지?"

"나는 와야오바오 사람이에요!"

이 말은 결국 아주 허물없는 농담을 할 때 종종 등장했고 그럴 때면 그는 멋쩍게 웃으며 바라볼 뿐이었다.

개가 미친 듯이 짖던 어느날 밤, 마당에서 왁자지껄한 소리가 들려왔다. 말이 울부짖는 소리, 사람 발자국 소리와 함성이 순식간에 몰려들었는데 사람과 말이 얼마나 되는지 분간할 수가 없었다. 고요하던 작은 마을이 갑자기 시끌벅적해졌다.

"쪼그리고 있어, 소리내지 말고. 내가 먼저 나가볼 테니."

노파는 옆에 있는 아이를 누르면서 일어나 토굴 밖으로 나갔다.

불을 때고 있던 소년은 가슴이 쿵쾅거렸다.

"정말 우리 편이 온 걸까?"

그는 땅바닥에 앉아서 머리를 벽에 대고 숨을 죽인 채 바깥에 귀를 기울였다.

"쾅!"

토굴 문이 개머리판으로 거칠게 밀어젖혀졌다. 희미한 빛이 어수선하게 움직이는 무리를 비추고 있었다.

"이 할망구가……"

밀치고 들어온 사람이 노파를 땅바닥으로 패대기쳤다.

"무슨 개× 같은 게 앞을 막아……"

그는 욕을 하면서 온돌 쪽으로 걸어왔다.

"흥, 솥단지에 우리 저녁밥을 지어놨구먼."

소년은 어둠 속에서 살그머니 그를 살펴보았다. 소년은 모자를 식별할 줄 알았는데 모자에 달린 휘장이 달랐다. 간이 콩알만 해진 소년은 자신이 벽 사이로 꺼져 들어갔으면, 날개가 돋아 날아갔으면 하고 간절히 빌었다. 이 새로 온 사람들만 피할 수 있다면 어디라도 좋았다.

뒤이어 또 몇명이 들어왔는데 옆 토굴집에서 아이들 우는 소리가 마당까지 들렸다.

바들바들 떨던 노파는 안간힘을 쓰며 일어나 머리를 흔들고는 소년이 있는 아궁이 앞으로 걸어가 경련하듯 더듬어보았다. 정기 없는 눈동자로 그 낯선 사람들을 쳐다볼 뿐 아무 소리도 내지 못했다.

그들은 양식 자루를 뒤집어 탈탈 털어 부었고 어떤 이는 닭 두마리를 잡아가지고 왔다. 마당에는 여전히 어지럽게 왔다 갔다 하는 발자국 소리가 들렸다.

"차라리 죽는 게 낫지……"

여자인 듯한 사람의 소리가 들려왔다.

"망할 놈의 늙은이 같으니라구. 불이나 때!"

이곳에 있던 사람은 옆집으로 뛰어가고 저쪽에 있던 사람은 이쪽으로 달려왔다. 철커덕하는 총검 소리와 개머리판으로 문짝을 밀치거나 무언가가 부딪치는 소리가 연신 들렸다. 열린 문 사이로 겁에 질린 사람들의 숨결이 바람에 실려왔다. 놀라 허둥대는 분위기로 가득 찬 무거운 공기가 마을을 짓눌렀고 달은 구름 뒤로 완전히 숨었다.

한바탕 소란이 끝나자 배를 채운 사람과 말 들이 모두 좀 조용해졌다. 젓가락과 먹다 남은 여물이 사방에 어지럽게 널려 있었고 많은 사람들이 온돌 위에 누운 채 뒤져서 찾아낸 아편을 피우고 있었다. 몇몇은 집 안에 둘러앉아 장작을 지피고 차를 마시며 음탕한 노랫가락을 뽑았다.

"할망구, 내일은 아무래도 못 떠날 것 같소. 요 며칠 죽도록 걸어서 말이야. 그 빨갱이 놈들의 다리는 어떻게 생겨먹은 건지 추격을 할수록 멀어져?"

"역시 천천히 가는 게 좋겠어. 그놈들이 뒤에서 공격해오는 것을 하도 자주 당해서."

"내일은 틀림없이 머물 거고 후속부대는 아직 삼십여리 떨어진 곳에 있소. 우리는 겨우 일개 중대인데. 에잇, 우리는 최근 반년 동안 정말 붉은 도적 떼⁵한테 완전히 휘둘렸어. 이렇게 이리저리 뛰어다니는데 이놈의 지역은 민간인도 거의 없고 양식도 모자라는데다 점점 추워지기까지 하니, 어이구, 제기랄!"

노파의 얼굴을 감시하는 시선이 있었다. 그녀는 그때까지 여전히 땅에 쭈그린 채 그녀의 몸 뒤로 소년을 숨기고 있었다.

"퉷."

가래침이 그녀의 몸으로 날아왔다.

"저 늙은 할망구는 왜 자꾸 저기에만 있는 거지. 장다성, 네가 가

---

5 한자어로는 '적비'(赤匪). 1차 국공내전 당시 국민당 측에서 공산당을 비하하여 썼던 표현이다. '빨갱이'(紅鬼), '공비'(共匪) 등으로도 불렀다.

서 수색해봐. 저기에 틀림없이 자기 아들을 숨기고 있을 거야."

노파의 몸이 움직이자 숨어 있던 소년이 보였다.

"맞다, 사람이군. 틀림없어, 다 큰 처녀야."

세명이 달려들었다.

"어르신! 한번만 봐주세요. 저한테는 이 손자 하나뿐인데 병이 들었습니다요!"

그녀는 한쪽으로 밀쳐졌고 산발한 머리카락이 얼굴을 덮었다.

소년은 불 앞으로 끌려나왔다. 장다성은 웬 꼬맹이냐며 뺨을 한 대 갈겼다.

"신경 꺼, 할망구는!"

눈빛이 이글이글한 한 사람이 다가오더니 소년의 멱살을 움켜 쥐고는 옷을 찢기 시작했다.

노파는 놀라 기겁을 하며 소리쳤다.

"세상에, 사람 죽네!"

"염병할! 내 몸에 총이 있다면 먼저 네 이 짐승 같은 새끼를 날려 버릴 테다!"

소년이 빽 소리를 질렀다. 분노한 나머지 그는 전혀 두려움을 느 끼지 못했고 차갑게 쏘아보는 두 눈동자에는 불길이 활활 타올랐 다. 한 발로 걷어차자 뜻밖에도 그 작자는 쓰러졌고 다리를 끌며 밖으로 나갔다. 그런데 이번에는 커다란 손이 그를 꽉 잡았다.

"어디서 굴러온 호로새끼야!"

주먹 한방이 소년에게 날아왔다.

"불어, 이름이 뭐고 뭐 하는 놈이지? 다들 얘 말투 좀 들어봐. 이곳 사람이 아닌데!"

소년은 아무 말도 하지 않은 채 두 눈을 부릅뜨고 어금니를 질끈 깨물었다.

"하느님 맙소사! 우리 손자를 죽이려고 하네! 제발 우리 손자를 불쌍히 여겨주세요. 늘그막에 의탁하고 살려고 하는데……"

기어서 일어난 노파는 또다시 땅 위로 쓰러지며 통곡했다.

이때 갑자기 문이 열렸다. 누군가가 입구에 꼿꼿하게 서 있었는데 실내가 갑자기 조용해졌다. 모두 일어났고 장다성은 경례를 붙인 뒤 말했다.

"중대장님께 보고드립니다. 뻔뻔한 꼬마 첩자입니다."

중대장은 들어와 소년을 자세히 살펴보더니 말없이 앉은뱅이의 자에 앉았다.

소식은 삽시간에 퍼졌다.

"뭐! 첩자를 심문한다고!"

토굴집 밖으로 사람들이 몰려들어 발 디딜 틈이 없었다.

"우리 손자 녀석이라니까요! 우리 집안의 씨를 좀 불쌍히 여겨주세요. 못 믿으시겠거든 물어보셔도 됩니다요. 다들 알고 있으니까……"

주민 몇몇이 가슴을 졸이며 꼬치꼬치 심문을 당했다. 이들은 짐짓 대담한 척하며 답했다.

"노파의 손자예요……"

"반드시 저 애의 몸을 수색해봐야 합니다, 중대장님!"

중대장이 소년을 풀어주려는 의향이 있음을 눈치챈 누군가 이렇게 말하였다. 그러나 그와 동시에 문밖에 있던 다른 사병들이 그 말에 반대하기도 했다.

"저렇게 어린데 첩자는 무슨!"

중대장은 자신을 쏘아보는 눈을 한동안 들여다보더니 명령했다.

"수색해라!"

주머니에서 소형 외국산 칼과 지폐 두장이 나왔다. 허리끈에는 검은 모자 하나가 쑤셔넣어져 있었는데 이 물건들은 방 안에 있던 모든 사람들을 흥분시켰다. 수십개의 눈이 중대장의 손 위에 집중되었고 중대장은 물건들을 뒤적여보았다. 지폐 위에는 사람 얼굴이 둘 인쇄되어 있었는데 하나는 레닌이고 다른 하나는 맑스였으며 뒷면에는 일렬로 '중화쏘비에뜨인민공화국국가은행'이라고 찍혀 있었다. 모자에는 붉은 별 다섯개가 반짝이고 있었다. 이 휘장을 보자 소년의 가슴은 더욱 환해져 그것을 향해 숭고한 감정을 뜨겁게 바친 뒤 조용히 판결을 기다렸다.

"할마씨, 이렇게 어린데 도적 떼질을 시키다니."

중대장 옆에 서 있던 사람이 말했다.

"자백해라!"

중대장이 그에게 물었다.

"자백할 것도 없으니 너희들 맘대로 죽여라! 홍군은 도적 떼가 아니다. 우리는 한번도 주민들을 괴롭힌 적이 없고 가는 곳마다 환영을 받았고 동북군과도 잘 지냈다. 우리들이 너희와 힘을 합해 일본을 쳐부수려고 노력하고 있다는 사실을 언젠가 너희들이 깨닫게 될 거다!"

“이 쪼그만 도적놈이 정말 질기네. 홍군이 바로 이렇게 흉악하다구!”

그의 완강한 태도는 몇몇 사람을 격노하게 했지만 동시에 많은 사람들의 존경심을 자아냈다. 그것은 침묵하는 공기를 타고 번져나갔다.

중대장은 여전이 차갑게 그를 바라보며 다시 냉담하게 물었다.

“죽는 게 두렵지 않으냐?”

이 말에 수치심을 느낀 듯 소년은 못 참겠다는 듯이 고개를 쳐들고 답했다.

“죽음을 두려워하면 홍군이 아니다!”

둘러싼 사람들이 점점 늘어났다. 몇몇은 흘러내리는 땀을 닦아내며 가슴을 졸였고 겁을 먹고 나약해져서 사정하는 눈길로 중대장을 바라보는 사람도 다수 있었다. 중대장은 오히려 자신의 감정을 숨기며 담담하게 말했다.

“그럼 너를 총살시켜주마!”

노파는 또다시 통곡했다. 눈꺼풀이 부어 거의 눈을 덮을 정도로 처졌다. 자리를 뜨는 사람도 몇명 있었다. 그러나 그 누구도, 그 사납고 거친 작자들마저도 당장 집행할지 말지 묻지 않았다.

“아니,”

소년이 침착하게 말했다.

“중대장! 총알 하나를 남겨두는 게 좋겠소. 남겨두었다가 일본놈과 싸우시오! 나를 칼로 죽이고!”

중대장은 더이상 참지 못하고 에워싼 무리를 제치고 달려가 힘껏 소년을 껴안았다. 그리고 큰 소리로 외쳤다.

"아직도 이 소년을 죽이려는 자가 있나? 너희들의 양심은 어디에 있는 거냐? 일본 사람들이 우리의 고향을 차지하고 우리의 부모와 처자식을 죽였는데, 우리가 복수를 하지 않고 도리어 여기에서 중국인을 죽이다니. 이 어린 홍군을 봐라. 우리가 무엇으로 그와 견줄 수 있는지. 그는 홍군이고 우리는 그를 붉은 도적이라고 부른다. 그를 죽이려거든 나를 먼저 죽여라……"

목소리가 조금씩 쉬더니 결국은 막혀버렸다.

사람들이 한꺼번에 몰려들었다. 소년은 열이 나는 것 같았고 물 같은 것이 손과 옷자락으로 뚝뚝 떨어지는 것을 느꼈다. 점점 흐릿해지는 눈에 마치 안개 같은 것 속에서 반투명한 유리 너머로 붉은 다섯개의 별이 떠다니고 있는 게 보였다. 별은 점점 높이 올라갔고 자신도 함께 들려 올라갔다!

두완상
杜晚香

한그루의 살구나무

봄이 오니 봄바람에 실려온 황사가 황토고원을 휩쓸었다. 건조한 공기는 그나마 있던 습기를 모두 빨아들여 땅은 쩍쩍 갈라졌고 사람들은 하늘을 바라보며 탄식했다. 그러나 갈라진 틈새로 소리 소문 없이 싹이 올라왔다. 이렇듯 억세게 뚫고 올라온 싹은 한 뼘 두뼘씩 대지를 푸르게 물들였고 나뭇가지도 하나둘 새 눈을 틔웠다. 잿빛 감도는 황토 계곡에 졸졸 흐르는 물소리가 울려퍼지고 한 줄기 실개천이 정적을 깨고 낮게 읊조리고 있었다. 골짜기 사이와 산비탈에 몇마리씩 무리 지어 있던 소와 양 들은 구불구불 줄지어 일부는 위쪽으로, 나머지는 아래쪽으로 이동했다. 들쭉날쭉

한 돌덩이를 쌓아 만든 길가의 낮은 담장 너머로는 눈부시게 만개한 살구나무 가지가 뻗어나와 있었다. 나뭇가지는 골짜기 이쪽으로 흔들리는가 하면 저쪽으로 쏠리면서 산등성이를 오르거나 계곡으로 내려가는 사람들에게 기쁨의 눈길을 던졌다. 아! 이것이 바로 봄, 억누를 수도 없고, 얼어붙지도 않는, 결코 죽지 않는 봄이다. 만물은 마침내 태양을 향해 고개를 꼿꼿이 쳐들고, 몸을 뻗어 그들의 생명력을 분출한다.

두씨氏네 집의 여덟살 난 딸인 완상은 이미 삼년째 계모의 따가운 눈총을 받으며 야멸친 꾸지람과 불시로 날아드는 따귀와 주먹세례를 받으며 살고 있었다. 놀랍게도 그사이에 그녀는 집안의 힘든 일을 해낼 수 있을 만큼 자랐고 일을 하면서 노동의 기쁨이 무엇인지도 알게 되었다. 그녀는 반리半里를 내려가야 하는 깊은 계곡에서 큰 물통의 반을 채워 길어 올 수 있었으며 아버지가 지던 멜대도 온전히 받아 질 수 있었다. 또 날마다 점심때가 되면 음식과 반찬을 담은 작은 멜대를 지고 해발 삼리三里 고원에서 밭을 일구는 아버지께 갖다드렸다. 아버지는 그녀를 사랑했지만 단지 은근한 동정의 시선으로 사랑스러운 딸을 묵묵히 바라볼 뿐이었다. 그러나 완상이란 아이는 이런 시선을 전혀 눈치채지 못하고 오로지 광활한 푸른 하늘과 푸른 하늘 위를 날아 지나가는 흰 구름에 흠뻑 빠져 있을 뿐이었다. 고원은 끝없이 광활했다. 하늘이 끝나는 곳을 바라보아도 온통 끝없는 평지였고 아주 드물게 그녀의 아버지와 별로 다를 것 없는 가난한 남자들이 허리를 구부려 여기저기에서 땅을 일구고 수십마리, 혹은 십수마리의 양이 이리저리 흩어져 개간이 안된 땅에서 풀을 찾아 뜯어 먹고 있을 뿐이었다. 얼마나 평화로운가! 조그마한 눈, 마치 전통회화 속 봉황의 눈처럼 길게 째진 홑꺼풀의 눈이 사방을 살피고 있다. 커다란 매 몇마리가 하늘을 맴돌다 잠시 머리 위에 머무는가 싶더니 순식간에 사라져 보이지 않는다. 그것들은 어디로 날아갔나? 엄마를 찾아간 걸까? 엄마는 언젠가는 돌아오실 것이다. 엄마의 눈동자는 얼마나 부드럽고 엄마의 손은 얼마나 따스하며 엄마의 말은 얼마나 다정했던가. 엄마의 품에서 잠들 때의 달콤함이란! 완상은 삼년 전에 엄마를 잃었다. 낮에는 엄마를 그리워했고 밤에는 꿈속에서 엄마를 만났다. 엄마는 언제 돌아오시려는 걸까! 완상은 줄곧 자기 생각대로 믿어왔다. 엄마는 일이 있어서 외할머니 댁에 가셨고 언젠가 꼭 돌아오실 거라고. 광활한 하늘이 펼쳐진 황토고원에 오면 이런 생각이 마치 큰 매처럼 자유롭게 날아오르며 떠올랐다. 천진한 어린 영혼은 얼마나 상쾌했는지!

완상은 바로 이런 아이였다. 마치 살구나무 가지처럼 거친 바람과 폭우, 황사가 시야를 가려도 그녀는 울퉁불퉁한 돌담 너머로 앞다투어 피어나는 꽃처럼, 언제나 자신의 신선한 아름다움으로 황량한 산과 계곡을 일깨웠다. 고달프게 살아가는 이들을 위로하고 그들이 밝은 미래를 꿈꾸도록 용기를 주었다.

며느리가 되다

한해 또 한해, 오년이 흘러 완샹이 열세살 되던 해, 계모는 완샹을 황토고원의 저편 어느 동네에 리씨氏 집안으로 시집보내기로 결정했다. 그날 완샹은 너무나도 작은 보따리에 낡은 윗도리와 허름한 속옷, 떨어진 신발 한켤레, 이 빠진 나무 빗, 손바닥만 한 작은 거울을 넣어 짊어지고 아버지를 따라 집을 나섰다. 겨울이었기 때문에 산골짜기에 사는 사람들은 모두 문을 걸어 잠갔고 마을 입구에서 한 노인만이 문 앞에 나와 부녀가 지나가는 것을 지켜보았다. 그는 완샹에게 당부했다.

"샹아! 리씨네로 가면 그분들 말 잘 듣고 사람이 할 도리를 고분고분 잘 따라라. 절대로 그 사람들을 화나게 해서는 안된다!"

할아버지가 해준 한마디 말이 마음을 단단히 먹고 있던 완샹의 눈가를 시큰하게 만들었다. 그녀는 그날 이후로 다시는 그 노인을 만나지 못했지만 그 당부와 노인의 목소리와 모습을 가슴속 깊이 새겼다. 그것이 그녀가 십삼년을 살아온 외지고 가난한 산골 마을이 그녀에게 해준 유일한 송별이었다.

황토고원에는 눈발이 날리기 시작했고 부친은 아무 말 없이 앞서서 묵묵히 걷기만 하였다. 어린 딸을 시집보내는 것이 차마 내키지 않았던 그는 죽은 완샹의 엄마가 했던 당부가 떠올라 고개를 들 수가 없었다. 딸을 잘 보살펴달라던 아내의 당부를 지키지 못한 자신이 죄스러웠다. 하지만 어쩌랴, 모든 일이 자신이 원하던 것과는 다르게 되어버렸고 자신은 어찌해볼 도리가 없었으니, 그저 딸의 운명에 맡길 수밖에.

갈 길은 멀었다. 완샹은 추운 벌판에서 힘겹게 삭풍을 맞으며 눈 위에 찍힌 아버지의 발자국을 따라 앞으로 걸으면서 자신이 이제 새로운 세계로 걸어들어가고 있음을 깨달았다. 그녀는 새로운 생활에 대해 환상을 품지 않았고, 그렇다고 두려워하지도 않았다. 스스로 자신이 이제 어린애가 아니기 때문에 모든 것을 감당할 수 있을 거라고 생각했다. 그녀는 전에 며느리로 온 사람을 본 적도 있었다. 완샹은 자신이 일하는 요령도 알고 고생을 견딜 줄도 알기 때문에 어떤 낯선 환경에 처한다 해도 다 헤쳐나갈 수 있을 거라 생각했다. 그녀는 바람과 서리를 맞고 자란 한그루의 어린 나무였으며 봄의 도래를 알리는 살구나무였다. 그녀는 엄마를 잃은 고아였기 때문에 할머니와 할아버지, 고모와 작은아버지도 또 한 사람의 계모나 다를 바가 없었다.

리씨네는 두 노인네와 네명의 아들, 그리고 손자 넷이 있는 대가족이었고 완샹은 그 집 작은아들의 아내였다. 가난한 집안이라고는 해도 완샹네보다는 훨씬 여유가 있었으며, 이십묘[1]의 땅을 소유하고 스스로 농사를 지어 먹고살았다. 그들은 작은아들과 새로 온 며느리를 위해 자신들이 살던 집에 작은 온돌방을 하나 들였다. 그녀는 태어나서 처음으로 새로 만든 양모 양탄자를 깔아보았다. 짧은 양털로 만든 딱딱한 양탄자 바닥을 쓸어보니 감촉이 퍽 따뜻했

---

1 중국의 옛 면적 단위. 우리나라에서는 1묘가 약 99제곱미터의 땅을 말하지만 중국에서는 666.7제곱미터에 해당한다.

다. 셋째 숙모는 그녀의 마르고 연약해 보이는 몸을 보더니 한숨을 쉬며 말했다.

"이 계집애가 뭘 할 수 있겠어? 차라리 다양[2] 50위안으로 나귀 새끼 한마리를 사는 게 낫겠네."

완샹은 말을 아끼고 주위의 사물을 살피면서 사람들이 주고받는 이야기를 경청하였으며 속으로 나름의 계획을 세웠다. 시어머니는 그녀를 데리고 다니며 여러가지 집안일을 하는 요령을 알려주었다. 완샹은 조용하고 침착하게 물을 긷고 불을 지피고 설거지를 하고 밥을 지었으며 닭을 기르고 돼지를 쳤다. 얼마 안되어 몇몇 며느리들과 마찬가지로 그녀는 돌아가며 부엌일을 맡아 하게 되었다. 그녀가 담당한 날이 되면, 그녀는 작은 나무 의자를 놓고 올라서서 여느 밥상처럼 열명 남짓한 가족 전체가 먹을 밥과 반찬을 가지런히 차려내었다. 그리고 다른 며느리들과 똑같이 물통 가득히 물을 길어 오고 죽과 밥, 반찬을 언덕과 계곡으로 져 날랐으며 밭에서는 파종하고 땅을 일구고 쟁기질하고 곡식 베는 법을 배워 마침내 소리없이 옆 사람을 따라잡을 수 있게 되었다. 시아버지는 마음 좋은 사람이어서 그녀의 단점을 들추어내지 않았다. 올케들은 모두 말이 거칠고 야박했는데도 완샹을 두고 이렇다저렇다 험담을 할 수 없었다. 완샹은 이 작은 산골 마을에 다시 뿌리를 내렸고 그후 오랜 세월 동안 쉬지 않고 이 대가족을 위하여 부지런하고 성실하게 수고를 했다.

2 중국의 옛 은화.

이 새로운 작은 산골 마을은 그녀가 알고 있는 세계의 전부였다. 그래서 바깥세상에서 하늘이 놀라고 땅이 흔들리거나 하늘과 땅이 뒤집어진다 해도 그것은 이 외진 산골짜기 마을에 아무런 영향을 주지 못했다. 시아버지가 어쩌다 마을에서 사소한 소식을 듣고 와서 가족들에게 들려주기도 했지만 이런 소식도 이 몽매한 어린 소녀에게는 황토고원에 부는 바람이나 골짜기의 물과 같아서 흩어지고 흘러가버리면 그만인, 아주 일상적인 일들로 받아들여졌다. 그러나 갈수록 바람이 거세지고 물길이 세차게 흘러 크고 작은 산골짜기의 외진 마을들에까지 이르렀다. 리씨네도 어쩔 수 없이 그 속으로 휩쓸려 들어갔다. 이 계곡에는 지주가 없고 부농도 없었으며 크지 않은 땅뙈기는 농사짓는 이들의 소유였고 넓은 땅은 다른 마을 지주의 토지를 부쳐먹고 있었다. 그런데 어느날 갑자기 해방군과 공산당, 업무조가 와서 이 토지 저 토지를 모두 땅을 부쳐먹는 사람들 소유로 분배하였다. 완샹네 집은 사람 수에 따라 계산되어 적잖은 땅을 분배받았다. 시어른 내외는 하루 종일 입을 다물지 못했다. 두 노인네는 매일 황토고원으로 올라가서 이쪽 땅을 걸어보고 다시 저쪽 땅을 걸으면서 이쪽의 수확과 저쪽의 수확을 가늠해보았다. 초록빛 수확물과 황금빛 곡식을 떠올리며, 도대체 어떤 세상이 된 건가, 이런 좋은 일이 생기다니 하며 감탄했다. 완샹은 한동안은 노인네들의 심정을 속속들이 느낄 수가 없었지만 온 가족이 토지를 분배받은 기쁨에 자신도 감염되어 신이 나서 일을 했다. 얼마 후 해방군은 군대를 확충하였는데 사람들은 무슨 항미원조抗美援朝[3]라는 말을 했다. 항미원조, 완샹이 이 새로운 말을 미처 이해하기도 전에 리씨네 작은아들은 등록을 하고 군에 입대하였다. 두 노인네는 마땅히 해야 할 일이라고 했으며 우리에게는 아들이 넷 있다고 했다. 그후 얼마 지나지 않아 완샹의 남편인 리구이는 붉은 꽃을 단 채 작별인사를 하고는 황토고원의 외딴 골짜기를 떠났다. 1951년의 일이었고 당시 완샹은 열일곱살이었다.

'어머니'가 돌아오다

바로 그때 토지개혁 재조사 업무조가 다시 왔다. 업무조에는 중년의 부인이 있었는데 이 여성 동지는 완샹네 집에 머물렀고 완샹의 작은 온돌방에서 잤다. 그녀는 낮에는 리씨 집안의 부인들을 따라 산등성이로 올라가 농사를 짓거나 밥을 하거나 돼지 치는 일을 했으며 밤에는 마을 여자들에게 글을 가르쳤다. 완샹이 그중 가장 열심이었기 때문에 그녀는 이 열일곱살 된 며느리를 눈여겨보고 밤이면 완샹과 자정이 넘도록 이야기를 나누었다. 완샹은 그녀가 하는 이야기를 들을수록 마음이 움직여 호감을 갖게 되었고 결국 마음의 문을 열었다. 멀리 보는 법을 알게 되고 생각도 깊어진 그녀는 만약 자신이 더 많은 사람들을 위해 일할 수 있다면 한 가족만을 위하여 일하는 것보다 훨씬 더 기쁠 거라고 생각했다.

여성 동지가 두번 세번 설득하자 시어른 내외는 마지못해 완샹

----

3 한국전쟁을 가리키는 것으로 '미국에 저항하고 조선을 돕는다'는 뜻.

이 현에 가서 삼개월 과정의 훈련반을 이수하도록 허락했다. 과정을 마치고 돌아왔을 때, 그녀는 더 안정감 있고 강인해져 있었다. 겉으로 보아도 어렸을 때보다 훨씬 온순하고 다감해 보여 마치 모든 사람과 매사에 그리고 생활에 달콤한 애정을 느끼는 것처럼 늘 가벼운 미소를 띠고 임하였다. 당연하게도 모든 사람들은 그녀에게 도대체 무슨 좋은 일이 생긴 걸까 의아해하며 바라보았다.

확실히 그랬다. 마치 다시 어머니의 품으로 돌아온 것처럼, 이제 완상에게는 관심을 기울이고 돌봐주는 사람이 생겼고 한껏 기대를 받고 있었다. 그녀는 어머니 앞에서 걸음마를 배우는 아이처럼 한발짝 걷고 한번 쳐다보았다. 그럴 때면 주위 사람들이 모두 주시하며 그녀를 위해 애쓰고 응원하고 있음을 느꼈다. 그녀는 이제 고아가 아니었으며, 홀로 외롭게 일밖에 모르고 언제나 쏟아지는 욕설 섞인 야단과 혹독한 매질을 피하려고만 하는 불쌍한 처지가 아니었다. 이제는 따뜻한 봄바람이 벌판에 불고 하얀 구름이 푸른 하늘에 두둥실 떠다녔으며 산골짜기의 오솔길이 마치 탁 트인 대로와도 같았다. 완상은 낮에는 손위 올케들과 함께 뒷마당에서 파종을 하고 땅을 일구고 쟁기질을 하고 곡식을 베었으며 멜대를 메고 산을 오르내렸다. 저녁에는 업무조 사람들로부터 배우는 한편, 집집마다 방문하여 당과 정부의 각종 정책을 선전했다. 그녀는 자신이 이해한 것은 그 자리에서 이야기했고 이해하지 못한 내용은 들은 대로 기계적으로 줄줄이 읽었다. 부녀조장이 되고 다시 부녀주임이 되자 그녀는 이 겨우 스무 가구 남짓한 동네에서 마을 주민의 절반에 해당하는 사람들의 심정을 훤히 읽을 수 있게 되었다. 얼마

후 그녀는 공산당에 가입했다. 이제 그녀에게는 진정한 어머니가 생겼고 마을에서 조금씩 성장하고 있었으므로 이곳에서 살아가는 것이 마치 물고기가 물에서 노는 것처럼 자유롭고도 평안했다. 누구도 그녀를 무시하지 않았으며 그녀의 말을 따르지 않는 사람 역시 없었다.

1954년이 되자 항미원조에 갔던 지원군이 돌아왔다. 리구이는 밤마다 큰아버지와 숙부, 형제들에게 지금까지 들어본 적 없는 전투 이야기를 들려주었다. 모두들 그가 비범한 사람이라고 생각했다. 완상은 그가 자신의 '동지'임을 깨달은 순간 심장이 밖으로 튀어나올 것만 같았다. 그녀는 더이상 그를 단지 함께 살아가는 동반자로만 생각하지 않았으며 두 사람이 평생을 의지하며 공동의 이상과 공동의 언어를 나눌 신성한 관계라고 여겼다. 리구이는 며칠 후 학습차 쓰촨으로 떠나 문화와 정치, 군사 교육을 받았다. 당은 조선에서 돌아온 이 용맹스럽고 충성스러운 전사들을 교육시켜서 수년 후에는 실전 경험을 지닌 초급 군사 간부로 양성하고자 했다.

두완상은 여전히 외부로부터 폐쇄된 작은 산골 계곡에 머물렀다. 그녀는 대가족을 위해 고달프지만 부지런히 일했고 이 산촌의 부녀사업을 위해 분주히 움직였다. 그러면 이제 한해 또 한해 이 산골마을이 건설되고 발전함에 따라 그녀는 한걸음씩 천천히 사회주의와 공산주의 사회로 나아가게 되는 것일까?

베이다황으로 날아가다

1958년 봄, 리씨네 마을은 새로운 사건 하나 때문에 온 동네가 들썩였다. 리구이가 쓰촨의 군사학교에서 동북지역의 무슨 베이다황[4]이라는 곳으로 집단발령이 났기 때문이다. 손바닥만 한 마을에서 온갖 추측이 난무했다. 그게 어떤 곳인지, 사람들은 그곳이 수천리 떨어진 변방으로 국경수비를 하는 곳이고 고대에는 범죄자로 군대를 편성해 떠돌게 하던 고생스러운 곳이라고도 했다. 리구이, 그 청년은 도대체 어떻게 된 것인지, 항미원조에 참전해서 전장을 누비고 고생스럽게 공을 세웠는데 어쩌다 또 그런 곳으로 가게 된 것일까? 이 일은 아마 잘못 처리된 것일 터이다. 리구이의 편지에 의하면 앞뒤 설명도 없이 단지 변방 건설에 지원했으며 아내도 보내달라는 말만 적혀 있었다. 이게 어디 될 법한 이야기인가? 베이다황, 베이다황은 도대체 어디에 있는 곳인가? 그곳은 너무나 추워서 6월에도 눈이 내리고 겨울에는 사람이 동사하며, 강풍이 사람을 말아 들어올릴 만큼 거세고, 코를 비비면 코가 떨어져나가고 귀를 만지면 귀가 떨어져버린다고 했다. 올케들은 안쓰럽다는 눈길로 완샹을 바라보며 그곳에 가면 안된다고 했다. 시어른들도 며느리가 가면 아들은 더욱더 집으로 돌아오기 어려워질 것이라며, 윗분들에게 부탁해서 제대하고 집으로 돌아오게 하는 게 낫겠다고

---

4 동북 변방에 자리한 헤이룽장 성 일대의 광대한 황무지 지역. 오늘날 중국의 주요 곡물 생산지 중 하나이다.

말했다. 마을의 당 지부 동지 역시 꼭 가야 하는 것은 아니고 그곳에 가서 가족으로 생활하는 것은 의미가 없기 때문에 마을에 머물면서 일하는 편이 더 나을 거라고 했다. 완샹은 말없이 미소를 머금은 채 분분한 의견과 권고를 다 듣고 난 뒤에 입을 열었다.

"어머니, 아버지, 제가 가서 보게 해주세요. 좋은지 나쁜지 제가 가서 어른들께 실제 상황을 알려드릴게요. 리구이가 갈 수 있는 곳을 제가 왜 못 가겠어요? 리구이는 집단으로 발령이 났으니까 그이 하나만이 아니라 아주 많은 사람이 있을 거예요. 그렇게 많은 사람이 살 수 있는 곳이라면 제가 왜 살지 못하겠어요? 변방을 건설하러 가는 거잖아요. 건설이 곧 업무이니까 제가 가서 공짜로 밥을 얻어먹지는 않을 거예요. 우리 마을의 업무는 처리할 수 있는 사람이 많아서 제가 있으나 없으나 마찬가지일 거예요. 그래서 저는 가기로 결심했어요."

시아버지와 시어머니, 그리고 사람들은 그녀의 의지가 확고한 것을 보고는 마지못해 뜻대로 하라고 하였다. 그녀는 예전에 그랬던 것처럼 작은 보따리 속에 갈아입을 옷 몇벌과 머리빗, 세면도구, 옥수수빵 몇개, 그리고 리구이가 보내온 돈을 챙겨넣어 등에 지고 이십여년을 살아온 고향을 떠났다. 시아버지는 수십리 길을 함께 걸어 톈수이 역까지 완샹을 바래다주며 도착하면 반드시 상세한 내용을 편지에 적어 보내라고 당부했다.

기차는 육중하게 동쪽을 향해 달렸다. 먼 곳에 있는 산들이 한겹 한 겹 뒤로 밀려갔고 철로 변의 길과 벌판은 끝도 없이 한 덩어리씩 휙 다가왔다가 순식간에 밀려나버렸다. 하늘은 더없이 푸르렀고 흰 구름은 뭉게뭉게 겹쳐져 공중에 떠 있었지만 움직이는 푸른 하늘을 따라 금세 나부끼듯 사라져버렸고 어느새 한 덩어리의 하얀 뭉게구름이 또다시 피어올랐다. 완상은 이전에 늘 벌판에서 광활한 하늘과 또 눈길이 미치는 땅끝 지평선을 보아왔다. 그러나 지금 눈앞에 펼쳐진 것은 가도 가도 끝없고 무궁무진하게 변화하여 그 변화의 끝을 볼 수 없는 산과 강, 논과 숲 들이다. 바람은 더없이 부드럽게 차창 사이로 한 줄기씩 불어와 그녀 이마 위의 짧은 머리칼을 흩뜨려놓았고 붉게 상기된 뺨을 가볍게 쓸고 갔다. 붉게 이글거리며 서편 하늘에 걸려 있던 태양은 북쪽으로 달리는 기차의 차창 안으로 화염 같은 붉은 햇살을 곧바로 내리쪼였고 객실 안에는 투명하면서도 옅은 안개층 같은 것이 떠돌고 있었다. 황금빛 햇살을 쏘아대던 붉은 공은 느릿느릿 아래쪽으로 기울어갔다. 하늘에는 마치 커다란 그물을 펼쳐놓은 것처럼 자줏빛 안개가 위로 피어올랐고 그 양끝에는 암청색 안개가 차오르며 황혼이 되었다. 어둠이 내리고 있었다.

기차는 조그만 역을 지나고 또 조그만 역을 경유했으며 대도시와 또다른 대도시를 지났다. 무수한 인파가 북적거렸다. 어린아이를 끌고 노인을 부축한 사람, 크고 작은 보따리를 진 사람들이 플랫폼으로 달려와 붐비는 객실로 비집고 들어오더니 방금 난 빈자리를 차지하였다. 하지만 기차역에는 어느새 다시 기나긴 대기행렬이 만들어졌고 이들은 위대한 조국을 노래하는 노랫소리가 울려퍼지는 가운데 검표소를 지나갔다. 눈부신 불빛이 플랫폼을 비추고 있었고 기차는 다시 움직였다. 멀리 가까이 숨었다 나왔다 하며 깜빡이는 뭇별들, 또 별들보다 훨씬 밝게 반짝이는 불빛이 커다란 스크린처럼 휙휙 지나쳐갔다. 아! 조국, 조국이여! 너는 이토록 광활하고 이토록 웅장하며 이토록 신비하게 사람을 미혹하는구나! 두완샹은 작은 산골 마을에서는 도무지 상상조차 해볼 수 없었던 이 새로운 우주 속으로 밀려들어가고 있었다. 그녀는 긴장한 나머지 다 보지도 못했고 자세히 생각할 겨를도 없어 마치 힘이 다 빠져나간 것 같았다. 그러나 정신은 오히려 더 또렷해져서 고갈되지 않는 에너지를 지닌 것처럼 두 눈을 커다랗게 뜨고 있었다. 그녀는 그렇게 객실에 앉아서 가지고 온 옥수수빵을 먹고 물을 조금 마셨다. 인파를 따라 역을 나와 다시 역으로 들어가고 차를 타고 내리기를 사흘 밤 사흘 낮 한 끝에, 같은 객실에 있던 여행객이 그녀에게 베이다황에 왔다고 알려주었다. 아! 베이다황에 도착한 것이다.

이곳은 어떤 곳인가

기차가 철로에 정차하자 기차역과 플랫폼 양쪽으로 눈 쌓인 평지 위에 붉은색, 녹색, 남색, 검정색 등 각양각색의 이름을 알 수 없는, 집처럼 커다랗고 어떤 것은 집채보다 더 큰 기계가 가득 줄지어 있었다. 기계 위에는 녹색, 황색, 회색 방수천이 씌워져 있고 방수천 위로 눈이 두텁게 한 층 쌓여 있었다. 곳곳에 외투를 입거나 솜옷을 입은 사람들이 무리 지어 서서 큰 가죽모자 아래로 반짝이는 눈만 내놓은 채, 허허 입을 벌려 웃고 있는 모양이 아마 서로 잘 아는 사이인 듯했다. 한 사람이 묻는 소리가 들렸다.

"자네는 어느 농장 소속이야?"

상대가 이렇게 말했다.

"아, 보라구! 이 뤄양둥팡홍 표는 우리 농장에 배당된 거야."

멀리서 또 누군가 물었다.

"여보게, 이게 무슨 기계야? 어느 나라에서 만든 거지? 우리는 국산을 원하는데……"

또 누군가의 말소리가 들렸다.

"자넨 언제 농장으로 돌아갈 건가? 콩 파종에 맞춰 트랙터의 부품들을 모두 운반해 가야지. 집에서 기다리고 있을 텐데……"

멀리서 또 가까이서 각각의 무리에서 사람들이 서로 이름을 부르며 무언가를 지거나 들어서 차에 싣고 있었다. 크고 작은 보따리가 자동차에 가득 실리자 공장에서 출시한 지 얼마 안되는 제팡 표 자동차는 큰 바퀴에다 미끄럼방지 체인을 감고 무리를 지어 출발했다. 역 바깥의 주차장이 얼마나 넓고 큰지 말로 표현할 수가 없었다. 자동차는 마치 커다란 상자처럼 생겼는데 도합 열몇개의 바퀴가 촘촘하게 달린 대형 트럭이었다. 물어보니, 아뿔싸! 모두가 농장 소유라고 했다. 어느 농장이냐고 물으니, 여기에는 농장이 너무 많아서 잘 알 수가 없다고 한다. 언덕 위로 올라가 둘러보니 길이 거미줄처럼 이곳에서부터 사면팔방으로 뻗어 있었다. 이렇게 많은 길이 도대체 다 어디로 가는 길인지, 농장으로 가는 길인가? 지역 사무실도 별로 없고 가게도 많지는 않았지만 도로는 넓었다. 도로 양편으로는 배수로가 파여 있고 배수로 옆에는 작은 자작나무가 심어져 있었는데 가지런하게 늘어선 모양이 모두 새로 심은 것들이었다. 거리의 사람들은 절의 묘회[5]라도 구경 온 것처럼 몹시 북적거렸다. 이곳 사람들은 참 이상했다. 물건을 살 때 다들 거의 비슷한 물건들을 골랐다. 보온병, 도시락, 모기장, 꽃무늬 수건……

사고파는 사람들은 서로 다 친한 모양이었다. 파는 사람이 정겹게 묻는 말이 줄곧 들려왔다.

"봄보리는 심었나? 새로 온 모기방지 크림은 광저우에서 온 건데 효과가 정말 좋다네."

사는 사람이 물었다.

"이란[6] 낫 있나? 우기 때 보리 수확을 해야 되니까 우린 여러개 필요해."

가장 북적거리는 곳은 더우장과 여우탸오를 파는 가게[7]였다. 기차에서 내리는 사람과 타는 사람, 초대소에 머무는 사람 들은 다 이리로 와서 뜨끈한 더우장을 한 그릇 마시고 방금 튀겨서 냄비에서 건져낸 여우탸오 두 가락을 먹곤 했다. 이곳은 또 뉴스를 주고받는 곳이기도 했다. 뉴스는 모두 농장에 관한 것들이었다.

"당신네 그곳에 전역한 군관이 왔다면서? 상간링 전투의 영웅이라던데!"

"부장이 또 한 사람 왔는데, ×× 농장으로 배치됐다는구먼!"

"왔지! 우리 농장으로! 부장이 오더니 기관 사무실로 가지 않고,

---

5 잿날이나 정해진 날에 절 안이나 입구에 개설되던 임시 시장.
6 헤이룽장 성 하얼빈에 위치한 현.
7 더우장은 중국식 콩국, 여우탸오는 밀가루로 만든 튀김 음식이다.

글쎄, 왕년에 난니완을 개간하던 기세로[8] 소형 지프차를 몰고 먼저 밭으로 가더라고. 전체 토질을 둘러보더니 파종한 보리의 품질을 살펴보고는 또 단숨에 차량 막사로 이동해서 직접 차량들을 작동해보고 기계차와 농기구가 잘 보관되고 수리되어 있는지 점검하던 걸. 그러고는 트랙터 운전사와 농기계 책임자 들과 웃으며 얘기를 나누는데, 참 화기애애하더군!"

"막 농장으로 와서 내가 마음을 잡지 못하고 있었는데, 어떻게 된 건지 부장이 그걸 알게 되었어. 부장이 내가 머물던 마자쯔[9]로 찾아와 나에게 말하더군. '당신들은 이전에는 전쟁터에서 싸워 공을 세웠고 지금은 이 개간지에서 변경을 수비하며 지구와 전투를 벌이고 대자연에 맞서 싸우며 공산주의사회를 건설하고 있소. 이 것은 용맹스러운 일이고 웅대한 포부가 있어야 하는 일일 뿐만 아니라 평생토록 해야 하는 일이요! 장차 자손만대가 모두 당신들을 기념할 것이고 당신들에게 감사할 거요!' 나는 부장의 말을 듣고 아내와 아이들을 모두 불러와 이곳에 정착했고 평생을 여기서 살 작정을 했다오, 허허!"

"작년에 보리 수확을 할 때 몇달째 흐리고 비가 와서 대대 안의 사람들과 기계, 가축이 총동원되어 일터로 나간 적이 있었지. 그런데 우리 부대로 발령 난 한 소대장이 낫을 들고 나무 그늘에서 책

---

[8] 팔로군이 황허 강 발원지와 옌안 사이에 있는 난니완에서 대대적인 생산운동을 전개했던 사실을 가리킨다.
[9] 진흙과 목재로 사람 인(人) 자 모양을 본떠 움막처럼 만든 동부지역 특유의 거주양식.

을 보고 있더라고. 한참 뒤에 어느 낫을 든 노인이 해방군 신발에 바지를 걷어 올린 차림으로 그를 보고 물었지. '왜 여기서 책을 보고 있나? 일하러 안 가는가?' 하자 그는 '일하고 싶은 사람은 하러 가라고 하쇼. 난 안 갈 거니까!'라고 했다네. 노인이 걸음을 멈추고 '이 일은 룽커우의 보리를 수확하는 건데, 다들 가는데 왜 자네는 안 가는가?' 하고 묻자 그는 '그냥 일하기 싫으니까!'라고 답했지. 그러자 노인이 버럭 화를 내고 고함을 치며 이렇게 말했어. '자네가 안 간다면 내가 자넬 독방에다 처넣어주지!' 그러자 그는 '당신이 날 어쩔 건데, 늙은이 주제에!' 하고 대꾸했는데, 노인이 '내가 왕전[10]이거든. 어디, 자네를 간섭할 만한가'라고 했지. 소대장이 기겁을 하고는 부끄러워 고개도 못 들고 낫을 들고 뛰어가더라고. 밭에서 일하는 사람들한테 부장이 이러저러했다고 이야기를 했다는군…… 그날 그 사람이 삼묘 반을 베어서 신기록을 세웠지!"

두완샹은 이런 얘기를 들으며 따라 웃기도 했지만 첫인상들이 마음에 선명하게 새겨졌다. 더우장 가게에는 한 무리 손님들이 빠져나가면 또 새로 한 무리가 들어왔는데 새벽 4시부터 저녁 8시까지 계속 그랬다. 어떻게 새벽 4시에 손님이 오는 걸까? 원래 베이다황의 해는 일찍 뜬다. 좀더 절기가 지나면 3시만 되어도 날이 밝아왔고 날이 밝으면 사람들이 움직이기 때문에 그 누구도 해가 중천에 뜰 때까지 기다렸다 일어나지 않았다. 지금 이곳에서는 이른 아

---

10 1908년 후난에서 출생한 원로 공산당원. 1935년 '장정'에 참여했고 1941년에 난니완 개발을 이끌었으며 1942년에 중공 옌안지방위원회 서기, 1955년에는 해방군 부참모장, 1975년 국무원 부총리를 역임했다.

침이 하루 중 가장 좋은 때이다. 4시, 좀더 절기가 지나면 3시, 2시만 되어도 동쪽 하늘에 희끄무레한 일직선과 한 조각 투명한 하얀 빛이 모습을 드러내고 눈이 녹으면서 미풍이 불어와 사람들에게 청량감을 안겨준다. 잠에서 깨어난 숲이 뿜어내는 묵은 술 냄새 같은 향이 콧속으로, 폐부로 스며든다. 백광이 점차 붉게 변하면 하늘에 별들이 자취를 감추고, 멀고 가까운 곳에서 작은 새들이 짹짹거리는 소리가 들려오며 황금빛 도는 붉은 띠가 구름 뒤편에서 솟아올라 겹겹이 떠 있던 구름송이에 가늘고 투명한 금색 띠를 둘러놓는다. 이 무렵이 되면 사람들은 속으로 '드디어 해가 뜨려나보다' 하고, 만물은 무한한 생기를 발하며 떠들썩한 일상이 다시 시작된다.

두완샹은 초대소로 안내되었다. 초대소는 만원이었으며 객실과 통로, 식당과 마당에 사람들이 오갔고 모두들 약속이나 한 듯이 다들 이렇게 물었다.

"당신은 어느 농장이요? 어디로 배치되었소? 무슨 일을 하시오? ……당신네 농장의 주택 상황은 어떤가? 아직도 천막에서 살고 있나?"

두완샹이 머물던 방에는 여성 동지 둘과 어린 남자아이 하나가 머물고 있었다. 열여덟아홉으로 보이는 여성 동지는 학생인 것 같았는데 동작이 민첩하고 말주변도 좋아 고개를 꼿꼿이 쳐들고 사람을 보고도 힐끗 곁눈질하는 게 고작이었다. 그녀는 옆방에서 누군가 베이다황에는 이리가 많다고 얘기하는 것을 듣고는 입술을 삐죽하더니 하얀 치아를 드러내고 킥킥거리며 말했다.

"이리, 이리쯤은 아무것도 아니야. 아주 흔한 일이지. 곰 한마리가 갑자기 달려온 거에 비하면. 그놈이 트랙터를 발견하고 다가와 서는 차를 가로막으며 커다란 두 발로 차의 라이트를 틀어쥐고 트 랙터와 씨름을 벌이는데……"

원래 그녀는 트랙터 기사였다. 그녀는 농장에 온 뒤 일년 동안 황무지를 개간했는데 그것이 얼마나 넓은지는 그녀 자신도 정확히 알지 못했다. 두완샹은 정말 그녀가 존경스러웠고 감히 넘볼 수 없 이 높은 경지에 있는 사람처럼 느껴졌다.

다른 한 여성은 전역한 해군의 아내로 육개월 된 남자아이를 데 리고 있었는데 참으로 다정하고 부드러웠다. 그녀는 친절하고 따 뜻하게 두완샹의 고향이 어디이며 무엇을 했는지 물으며 그녀를 격려해주었다.

"베이다황이 어디 위협적인 곳은 아니니까 며칠 더 지내다보면 익숙해질 거예요. 나는 남방 사람이에요. 대도시에서 자랐는데 생 활 면에서 보면 우리가 살던 그곳은 먹고 입고 누리는 것들이 다 풍요로웠지요. 그래서 이곳으로 와야 한다는 말을 들었을 땐 이렇 게 추운 곳에 와서 무엇을 할까 하는 생각을 나도 했었답니다. 도 착한 때가 마침 양력 2월 말이어서 온 천지가 꽁꽁 얼어붙고 뼈를 에는 삭풍이 불었지요. 사는 곳은 집 같지도 않은 거처였고 끼니는 수수와 콩으로 때웠고 모든 것을 처음부터 시작해서 맨땅에서 일 어나야 했으니 힘들지 않다고 말은 하면서도 사실 몸이 잘 견디지 를 못했어요. 아휴, 한동안 정신없이 살았어요. 그런데 희한하게도 우리는 모두 이곳을 좋아한답니다. 그래서 우리는 여기에 정착하 기로 마음먹었구요. 부장이 얘기한 것처럼 우리는 창조적인 사업을 하고 있는 거예요. 이미 다 만들어진 것을 누리고 남이 밥상에 남긴 국 찌꺼기와 물을 먹는 것은 사실 특별한 맛이 없거든요. 나는 이제 이 아이를 애 외할머니 댁에 맡기고 이년 뒤에 여기에 유치원이 생기면 다시 데리고 올 생각이에요. 한 사람이 당과 혁명, 가난한 백성에 대해 뜨겁고 무한한 사랑으로 충만하다면 극복할 수 없는 고난이 없고, 있는 힘을 다 쏟아붓지 못할 이유가 없는 법이니까요. 그럴 때 비로소 진정한 삶과 행복이 무엇인가를 이해하게 되지요……”

말을 할수록 점차 감정이 격앙된 이 여성은 완상을 보더니 자신이 너무 많은 말을 두서없이 했다는 것을 깨닫고는 아쉬운 듯 어조를 다잡고 느릿느릿하게 이야기했다.

“당신처럼 고생을 해보고 일할 줄 알고 당원인 사람, 게다가 지원군 전사였던 남편을 둔 사람이라면 틀림없이 이곳을 좋아하게 될 것이고 아주 잘 지낼 수 있을 거예요. 진심으로 당신이 즐겁게 생활하고 일도 훌륭하게 해내기를 빌게요!”

전에 해군 전사였던 그녀의 남편은 늠름한 외모에 짙은 눈썹과 수려한 눈동자를 지닌 겸손하고 부드러운 사람이었다. 방 안으로 들어온 그는 예의 바르게 두완상에게 인사를 하고는 기쁨에 겨워 자신의 아들을 안아 올리며 아내의 손을 잡고 산보하러 밖으로 나갔다. 이들은 도대체 어떤 사람들인가! 이곳은 도대체 어떤 곳이란 말인가?

여기가 바로 집

대기소 담당자는 주소지에 따라 두완상을 운전기사에게 인계했고 그녀는 그의 대형트럭을 타고 ×× 농장으로 향했다. 차 안에는 두 가족이 더 타고 있었는데 다들 아들딸과 함께 가는 중이었고, 일을 보는 간부 세명도 일행에 포함되어 있었다. 그날 날씨는 화창했지만 땅이 여전히 얼어 있었고 채 녹아내리지 않은 잔설이 이쪽에 한 덩어리, 저쪽에 한 덩어리 얼룩덜룩 길 위에 쌓여 있어 바퀴가 구를 때마다 철퍼덕 소리를 냈다. 태양이 멀리 산 위를 비추었고 길 양쪽으로도 햇살이 비쳤는데 길 위 어딘가에서 반사된 빛 때문에 눈이 찌르듯이 시렸다. 위로 솟아오른 지대나 해가 든 곳은 모두 질퍽한 진흙탕이었다. 황토고원에서 온 사람의 눈에 이런 풍경은 흥미롭기 그지없었다. 자동차가 달리면서 내뿜는 증기와 윤기가 자르르한 검은 대지는 참으로 사랑스럽고도 흔히 볼 수 없는 풍경이었다. 동승한 한 사람이 그녀에게 말했다.

"헤이룽장 사람들이 하는 말로, 이곳 흙에는 젓가락을 꽂아도 싹이 난다고 합니다."

달리는 길 저편은 산이고 가까이는 벌판이었다. 마을도 드물고 인가도 거의 눈에 띄지 않았으며 도로를 만나면 그저 달리기만 하는 차에 타고 있자니 눈에 들어오는 풍경이 좀 지루했다. 그러나 어느 누구도 주변 풍경에서 눈을 떼지 않았고 한점 한 획이라도 눈에 들어오면 행여 놓칠세라 신기하다고 서로에게 일러주곤 했다.

한차례 미풍이 지나가자 지평선 위로 옅은 안개가 뿜어져 올라왔다. 안개가 순식간에 겹쳐지고 두터워지더니 마치 회색빛 목화솜을 머리 위에 겹겹이 쓴 것처럼 주위로 차 올라오자 사람들은 어찌 된 일인가 의아한 눈빛으로 서로를 바라보았다. 홀연히 작고 가느다란 하얀 깃털이 바람에 날리는 꽃잎처럼 아래로 내려와 처음엔 드문드문 내리더니 점차 무리를 지어 날아다녔다. 운전석 옆에 있던 아이들은 신나서 소리를 질러댔고 어른들도 웃으며 말했다.

"어이구, 내린다더니 정말 내리네. 이거 정말 눈이 내리는걸."

자동차는 가속페달을 밟으며 날리는 꽃잎 속을 질주했다. 꽃잎은 갈수록 불어나 한 송이 두 송이가 한 덩이, 두 덩이로 커졌지만 오히려 가볍게 옆으로 날아다니며 소리없이 옷에 내려앉거나 머릿수건과 모자에 붙고 속눈썹과 눈썹에 달라붙었다가 녹아버렸다. 다시 달라붙어서 털어버리면 이내 또 달라붙었다. 눈앞에는 아무것도 보이지 않았고 오로지 겹겹이 겹쳐지며 한 층 한 층 부서져 내리는 목화솜 덩이가 천지에 가득하여 온 세계는 복숭아꽃, 배꽃, 혹은 수국 속으로 빨려들어가버리고 말았다. 트럭은 속도를 내지 못한 채 게걸음으로 더듬듯이 앞으로 가고 있었고 운전하는 동지는 꽃샘추위로 천지에 흩날리는 눈발 때문에 땀범벅이 되었다. 하지만 거의 다 왔다. 농장이 바로 앞이니 곧 도착할 것이었다. 이윽고 꽃 안개 속에서 사람들 소리가 들려왔다. 차가 멈추자 아이 손을 잡은 사람과 부축한 사람, 어린아이를 안거나 물건을 든 사람들이 혼자, 혹은 무리로 마중을 나와 한결같이 친근하게 물었다.

"오는 길은 별문제 없었나요? 얼마나 걱정이 되던지. 얼른 집으로 들어가서 몸을 좀 녹이세요.”

이곳은 농장의 기차역. 사람들 속에 리구이는 없나? 리구이는 마중을 나왔을까? 없다, 없었다. 두완샹이 사람들 틈에 밀려 큰 방으로 따라들어가니 안에는 가스통으로 만든 대형 화로에 불을 지피고 있었고 화로의 몸체가 방의 기둥처럼 되어 있어 실내가 훈훈했다. 방 안에는 별다른 가구가 없이, 나무 탁자 하나와 의자 몇개가 있을 뿐이었다. 사람들은 방금 전 트럭에서 내린 가족들을 둘러싸고 춥지는 않은지 물으며 이렇게 말했다.

“오시느라 수고들 많았습니다. 먼저 농장 사무소의 초대소에서 며칠 머물며 푹 쉬시고, 뭐 필요한 거나 애로가 있으면 편하게 얘기들 해주세요. 이제 집에 오신 거니까!”

이 사람들 가운데 두완샹이 아는 사람은 한명도 없었지만 마치 친척집에 온 것처럼 반갑게 맞아주어서 그녀는 오랫동안 떠나 있던 집에 돌아온 것 같았다. 모든 것이 낯설었지만 또 모든 것이 이렇게 친숙했다. 그래서 두완샹 자신도 고향에서 그랬던 것처럼 익숙한 솜씨로 사람들을 챙겼다. 어떤 사람이 끓는 물을 가져오자 그녀는 그것을 받아 밥공기마다 부어서 사람들 앞에 다소곳이 내려놓았고 바닥이 진흙과 담배꽁초로 지저분해지자 방 모서리에 있는 대걸레를 들고 와서 닦기 시작했다. 옆 사람은 처음에는 좀 어색해했지만 점차 익숙해져서 완샹을 수천리 떨어진 곳에서 방금 도착한 새로 온 손님이라기보다는 마치 오랫동안 살아온 집주인처럼 느끼게 되었다. 동승했던 간부도 줄곧 침착하고도 자연스럽게, 튀지 않으면서도 즐거운 표정으로 응대하는 두완샹을 퍽 마음에 들어하며 그녀에게 이렇게 말했다.

"여기가 바로 집입니다. 우리는 모두 여기에서 가정과 가업을 일으키고 있어요. 우리가 처음 도착했을 때, 중대장은 우리 중대의 단원들을 인솔해서 농장에 간다고 말하고는 자동차로 이틀을 달려서 둘째 날 저녁이 되어 산기슭의 황무지에 차를 세웠지요. 그러고는 '내리시오, 집에 왔습니다. 집에 도착했다니까요'라고 했어요. 집이 어디 있나? 원시림이 무성하고 저쪽으로는 잡초투성이인데 집이 어디에 있단 말인가? 우리는 어이가 없어 서로 얼굴만 빤히 바라보며 꼼짝도 하지 않고 서 있었어요. '다들 내리시오, 모두들. 집에 도착했다니까요. 어서 안 내리고 뭣들 하시나.' 중대장은 다시 이렇게 재촉하더군요. '얼른 내려서 나무를 베고 풀을 쳐내고 나무줄기를 잘라 움막을 만들어야지. 안 그러면 오늘 밤 노숙을 해야 합니다.' 중대장이 먼저 차에서 뛰어내리자 우리도 하나둘씩 모두 따라내려 허둥지둥 집을 만들었고 그렇게 해서 자리를 잡게 됐어요. 그런데, 쳇, 지금은 완전히 달라졌지요. 당신이 내일 농장에 가보면 알겠지만 전깃불과 전화가 들어오고 고층건물들이 들어섰으니까. 당시를 떠올리니 감회가 참 새롭네요."

가정생활

농장 사무실에서 삼십리 남짓 떨어진 곳에 있는 제13생산대는 새로 건설된 조직이었다. 리구이는 이 생산대의 트랙터 기사였는데 아직은 신참이지만 신중하고 부지런한 성격이라 문제가 생기면 선임을 찾아가 묻고 배우면서 일하고 있었다. 이곳에는 막 도착한 신참들이지만 다들 전에 배워본 적이 없는 새로운 일들을 해내고 있었기 때문에 리구이 역시 몹시 바빴다. 아내가 오자 그는 신이 났다. 집단거주지에서 나온 그는 이제 막 완성된 진흙과 자갈로 만든 초가집에 둥지를 틀고 생활과 관련된 내용을 전부 싹 정리해서 완상에게 넘겨주면서 비로소 가슴이 뿌듯해짐을 느꼈다. 그는 고향집에서 꼬박 십일년을 수고하고 고생한 아내를 며칠이라도 평온하게 편히 쉴 수 있도록 해줘야겠다고 생각했다. 그가 받는 월급도 두 사람이 살기에 충분했다.

두완상은 며칠 동안 집안 살림을 정돈하느라 바빴다. 일상생활을 놓고 보면 안정이 된 듯싶었다. 그러나 사람의 마음이란 주변의 새로운 사물을 보고 파문이 일기 시작하면 쉽게 가라앉지 않는 법이다. 갖가지 사념으로 머리가 가득 차서 그녀는 누군가와 이야기를 나누고 싶고 뭔가 할 일을 찾고 싶었다. 그러나 리구이는 집에 거의 들어오지 않았고 어쩌다 퇴근을 해도 집안의 일상적인 얘기만 나눌 뿐이었다. 그는 무심하게 그녀에게 이렇게 말했다.

"먼저 안정을 좀 취하고 일은 천천히 다시 얘기하도록 하지. 설사 뭘 하려고 한대도 당신이 무슨 일을 할 수 있겠어? 김매고 파종하는 밭일일 텐데 여기는 기계화된 대형농장이라 모든 일을 기계를 써서 하거든. 그러니까 집안일을 제대로 하는 것도 괜찮을 것 같은데."

이곳의 5월은 한창 파종할 절기여서 몹시 바빴다. 붉은 빛깔의 트랙터 군단이 갈퀴질이 잘된 큰 흙덩이 위를 밟고 아주 멀리까지 갔는데 너무 멀어 거의 시야에 안 들어오는 곳까지 가고서야 비로소 쿵쿵쿵 소리를 내며 머리를 돌려 돌아왔다. 얼마 전에 두완상은 숙소 앞에 일렬로 심어놓은 버드나무 앞에 서서 반나절을 기다렸다. 그녀는 자신의 생각을 표현하는 데 능숙하지 못한데다가 자신이 원래 외지고 편벽한 산골 출신이기 때문에 이곳 사람들은 모두 자기보다 훨씬 훌륭하다고 생각했다. 리구이까지도 지금은 아주 높고 대단한 인물이 되어 있지 않은가. 그는 국경을 넘어 조선에서 미국 놈들을 쳐부수었고 몇년 동안 공부해서 많은 지식을 쌓은데다, 지금은 트랙터 기사가 되어 수십마력의 힘을 지닌 저렇게 크고 힘센 차를 조종하며 아침부터 밤까지, 저녁부터 아침까지, 끝없이 펼쳐진 겹겹의 검은 바다 위를 달리고 있으니 말이다. 남편은 다른 기사들과 마찬가지로, 생산대 직원들과 웃고 떠들며 이야기를 하다가 집으로 돌아와 그녀가 상을 차려주기를 기다렸다가 밥을 먹고 나면 곧바로 다시 나간다. 다른 친구들을 찾아가 잡담을 하거나 우스갯소리를 하고 종종 포커를 치거나 장기를 두었지만 그녀와 이야기를 나누지는 않았는데 이런 태도는 완상의 시아버지가 시어머니를 대하던 방식과 꼭 같았다. 사실, 그는 과거에도 그녀를 이렇게 대했고 그녀도 그런 태도가 부적절하다고 느끼지 않아서 달리 어떤 요구를 한 적이 없었지만 지금은 상황이 달랐다.

"애초에 나를 이 먼 곳까지 오라고 불러놓고서 시키는 일이 무엇인가? 고작 밥해주고 방 청소를 하고 그와 함께 사는 일이란 말인가?"

비록 이런 생각이 들기는 했지만 반감이 생긴 것은 결코 아니었으며 오히려 가끔씩 그에 대한 존경심과 애정이 우러나기까지 했다. 그저 자신의 무능함이 원망스러울 뿐이었으나 그 원망이 날이 갈수록 심해져 더는 견딜 수 없는 지경에 이르렀다. 결국 그녀는 생산대장을 찾아가 이야기했다.

"대장님, 제게 할 일을 좀 배정해주세요. 무료해서 지내기가 참 힘드네요."

대장은 오래전에 전역한 군인이었는데, 그녀처럼 전국 사방 각지에서 온 가족들을 상대하다보니 가족들이 이곳에 온 직후에 생활에 적응하지 못해 겪는 어려움을 충분히 이해하고 있었다. 그래서 늘 그들을 위해 대책을 강구하고 여러모로 머리를 짜내어 세심하게 사상공작을 해왔지만 지금처럼 이렇게 다급하게 일을 시켜달라고 하는 상황은 잘 납득이 되질 않았다. 그녀가 신선한 분위기에 심취하여 일하고 싶은 열정이 우러나 부탁하고 있다는 데 생각이 전혀 미치지 못했기 때문에 그는 이렇게 대답할 뿐이었다.

"일을 하고 싶다구요? 그건 반가운 일이고말고요. 우리처럼 이렇게 새로 만들어진 생산대는 매사에 일손이 딸리고 도처에 할 일이 있지만 상황을 좀 봐가면서 합시다. 만약 할 일이 생기면 그걸 하면 되고, 할 수 있는 일이 있으면 그걸 하면 되지 않겠소? 음, 그런데 당신을 배치하려면 어느 조가 좋을지 도무지 판단이 안 서는데……"

완상은 아무 말도 하지 않았다. 그런데 이제 막 만들어져 고작 삼십여 가구에 불과한 가족거주지역의 모습이 하루하루 달라져갔다. 원래 아무도 신경 쓰는 사람이 없어 더럽기 그지없던 화장실이 갑자기 깨끗해졌고 누군가 날마다 청소를 마친 화장실 바닥에 석회를 한 겹 뿌려놓아 사람들이 더이상 화장실에 들어갈 때 인상을 찌푸리지 않아도 되었다. 집집마다 대문 앞에 쌓여 있던 석탄 덩어리와 쓰레기, 담배꽁초가 자취를 감추고 집 앞이 말끔해졌다. 처음 일을 시작했을 때는 아무도 주의를 기울이지 않고 묻지도 않았으나 시간이 흐르자 사람들은 오히려 그것을 자연스럽게 여기게 되었다. 아이들이 여럿인 집에서는 먹을 것이나 기름을 살 때 몹시 번거로웠기 때문에 완샹이 아이가 없는 것을 알고는 그녀에게 가는 김에 물건을 가져다달라고 하거나 아이를 좀 봐달라고 부탁했다. 점차 그녀에게 도움을 요청하는 사람이 늘었고 처음에는 고맙다는 말을 하는가 싶더니 시간이 흐르자 아예 당연한 것으로 간주했다. 어떤 사람은 그녀를 보면 스스럼없이 심부름을 시키기도 했고 자기가 할 수 있는 일까지도 그녀에게 부탁했다. 그녀가 신발을 꿰매고 있는 것을 보면 자기네 애들 것으로 한켤레 만들어달라고 부탁을 하거나 옷을 꿰매고 있으면 남편 옷을 들고 와서 기워달라고 하기도 했다. 또 어떤 때는 그녀에게 양식 표를 빌리거나 푼돈을 꾸어갔는데 사람들이 갚는 것을 잊어버려도 완샹은 신경 쓰지 않았다. 어쨌든 사람들은 자신들의 가족거주지역에 이런 사람이 있다는 사실에 다들 흡족해했다. 생산대장 역시 동네 부인들을 간섭할 여유가 없었다. 하루하루의 생활은 겉으로 볼 때 호수처럼 고요하고 자연스럽게 흘러갔다. 리구이는 아내가 더이상 일하겠다고 졸라대지 않자 역시나 그녀가 평온하게 잘 지내고 있다고 생각

했다. 지난 수년 동안 고생스럽게 일만 해오던 외로운 여인이, 강풍
과 거센 파도를 견뎌낸 한척의 나룻배가 바람을 피해 작은 항구로
찾아든 것처럼 이제야 안온함을 찾아 며칠이나마 평화로운 생활을
보내고 있구나 하고 생각했던 것이다.

유쾌한 여름날

7월의 베이다황은 청명한 하늘에 부드러운 바람이 옷깃을 살랑
대는 계절이다. 울창한 숲은 각양각색으로 만개한 꽃송이로 뒤덮
여 황홀한 향기를 뿜어냈다. 분홍색 코스모스, 선홍빛 야백합, 매끈
하게 솟아오른 원추리꽃, 송이가 소담스런 들작약과 이름을 알 수
없는 수많은 꽃들이 비단에 수를 놓은 듯 한없이 펼쳐진 대지 위를
장식하고 있었다. 꿀벌과 나비, 잠자리는 오색찬란한 날개를 반짝
이며 날아다니고 꿩과 들오리, 원앙, 물새가 저습지의 늪에서 노니
는가 하면 산등성이에는 사슴과 노루가 내달린다. 베이다황의 원
래 주인들인 곰과 멧돼지, 이리와 여우…… 이들은 먼 변방으로 밀
려나는 것을 달가워하지 않았다. 이들은 울창한 이 산야와 드넓은
초원을 차마 떠나지 못한 채, 수시로 추수한 지역에 출몰하여 먹을
것을 뒤지고 새 주인을 습격했다. 겉으로는 몹시 고요해 보이는 비
옥한 평원에서 실은, 땅을 둘러싸고 자신의 생활과 생존을 위하여
생명을 가진 것들이 박투를 벌이고 있었다.
　하늘과 땅으로 둘러싸인 이 아름다운 농장의 풍경은 실로 장관

이었다. 옥수수가 초록빛으로 변하고 보리가 누렇게 익으면 선홍색 페인트를 칠한 트랙터와 콤바인이 마치 황금빛 바다를 질주하는 함정처럼 보리 물결을 가르며 거침없이 전진한다. 기계들이 지나간 자리에는 한 줄기 검은흙이 모습을 드러내고 피라미드 모양의 짚더미는 한 무더기 한 무더기 흙 위에 시원스럽게 쌓였으며 짚더미 위로 쏟아지는 금빛 햇살에 눈이 시렸다. 대로 위에는 차량이 한대씩 줄지어 달리고 있었다. 탈곡장에는 사람들 소리가 왁자했고 마이크에서는 웅장한 행진곡과 민요가, 한동안은 저음의 남자 목소리로, 뒤이어 고음의 여자 목소리로, 다양한 민족들의 매혹적인 선율을 전하며 일하는 사람들 사이에 울려퍼지고 있었다. 사람들은 한동안은 높은 산 정상에서 고개를 쳐들었다가 아래를 내려다보는 듯했고 또 한동안은 거친 파도가 일렁이는 바다에서 파고에 따라 물결치는 느낌에 젖어들었다가 다시 흐르는 강물 위의 다리를 천천히 걷듯이 낮게 배회하는 분위기로 빠져들었다. 그러나 단연 주의를 집중시킨 방송은 역시 농장 지휘부에서 부르는 호출, 혹은 생산량과 품질 수준에 대한 보고였다.

두완샹은 한 무리의 가족들을 이끌고 처음 한동안은 구름을 삼키고 안개를 토해내는 넉가래질 기계에다 보리 이삭을 밀어넣다가 잠시 후에는 구릉처럼 쌓여 있는 보리 더미 주위를 큰 비로 살살 쓸어냈다. 그녀가 이렇게나 많은 보리를 본 적이 있던가? 알록달록한 옷을 입은 젊은 여성들은 보리를 말리는 마당에서 다시 기러기떼 행렬처럼 줄지어 나란히 전진하며 보리 낟알을 뒤집어 말렸다. 이때 두완샹은 우주가 이토록 장엄하고 아름다운 것인가, 새삼 생각하게 되었다. 그녀는 젊어진 것 같았다. 고개를 들어 사방을 보니 함께 일하는 사람들의 얼굴에 진취적 열정이 넘쳐나고 노랫소리와 작업이 착착 맞아떨어졌으며 고개를 숙여 자세히 보니 다리 밑으로 진주가 알알이 그녀들의 맨발 위로 이리저리 구르고 있었다. 따스하고 동글동글한 보리알이 짓궂게 발바닥을 간질이며 찔렀다. 그녀는 밟고 지나갔다가 다시 밟으며 돌아와 이쪽을 뒤집고 다시 저쪽도 뒤집어놓았다. 마치 일고여덟살 어린아이 시절로 돌아간 듯한 기분에 그녀는 팔짝 뛰어오르며 소리를 지르고 싶은 충동이 일었다. 하지만 그것은 분명 행복한 어린 시절일 터. 아마도 과거에 반 통의 멜대를 지고 혼자 황토고원을 올라갔다가 홀로 집으로 돌아오고 종일 마음을 졸이던 자신의 유년 시절과는 하늘과 땅처럼 판이한 유년일 것이었다. 그녀는 자기도 모르는 새 대담해져서 마음 가는 대로 어린 시절에 들었던 산가山歌[11]를 소리내어 부르기 시작했다. 사람들의 관심이 노랫소리에 집중되었다. 사람들은 귀 기울여 이 서북고원의 맑은 고음의 목가를 듣더니 자신도 모르게 탁트인 심정이 되어 끝없는 사색에 빠져들었다. 이들은 평소에 말없이 늘 희미한 미소만 짓고 있던 왜소한 여자를 의아하다는 듯이 바라보았고, 점점 많은 사람들이 그녀의 떨리는 노랫소리에 응하여 스스로 감정을 억제하지 못하고 자기에게 익숙한 고향 노래를 부르기 시작하였다. 탈곡장 전체가 질박한 선율을 따라 선회했으며 노랫소리와 웃는 얼굴이 여기저기 떠다니며 나부끼고 있었다. 얼

----

11 중국 중남부지역의 산과 들에서 불리던 민요.

마나 활기 넘치는 생명이며 행복한 삶인가!

두완상은 흥에 겨워 일을 하면서도 피로한 줄을 몰랐고 배고픈 것도 느낄 수가 없었다. 남들이 쉴 때 그녀는 쉬지 않았으며 다들 식사를 할 때에도 그녀의 손발은 여전히 멈추지 않고 움직였다. 탈곡장에서 일하는 공장 노동자와 가족 들의 임금은 시간으로 계산되는 방식과 건당 계산되는 방식이 있었는데, 그녀의 임금은 시급으로도 건당으로도 계산되지도 않았다. 탈곡장에 있던 모든 사람들은 경이로운 시선으로 키가 작고 몸도 건장하지 않으며 소리없이 그저 미소만 짓고 있는 조그마한 이 여인을 바라보며 그녀가 어떻게 이토록 마르지 않는 괴력을 발휘하는지 신기하게 여겼다. 또 평범한 얼굴임에도 어떻게 사람들의 이목을 끄는 숭고하고 존경스럽고 순결한 빛이 감도는지 그 이유를 도무지 알 수가 없었다.

평범하면서도 평범하지 않은

겨울이 되어 북풍이 불어오자 베이다황 특유의 눈폭풍이 한차례 대지 위의 눈가루를 말아 올려 하늘 전체에 뿌렸다. 천지는 순식간에 칠흑으로 변하여 동서남북을 분간할 수 없었다. 사람들은 아무리 젖 먹던 힘까지 써도 몸을 똑바로 지탱할 수가 없었고 베이다황의 이런 혹한은 어느 누구도 봐주는 법이 없었다. 단지 베이다황 태생만이 으쓱거리며 승자로서의 행복감을 누릴 수 있을 따름이었다. 영하 삼십도로 내려가면 수염과 눈썹에는 눈꽃이 가득 달라붙고 속눈썹은 가느다란 두 줄의 얼음막대처럼 얼어붙는데, 땀이라도 나면 이마의 잔머리 밑으로 스며나온 그대로 이마 위에서 얼어붙었다. 속옷이 땀으로 흠뻑 젖으면 겉에 입은 모직이나 융 외투의 등판에 눈처럼 두꺼운 흰 서리가 한 겹 앉았다. 산에 올라 벌목을 하고 들에서 풀을 베거나 돌덩이를 운반해 도랑을 만드는 일은 모두 선발된 젊은 청년들에게만 허용된, 고투를 벌여야 하는 중노동이었다. 그러나 이미 스스로 노동의 맨 선두를 치고 나간 두완샹은 젊은 청년들과 마찬가지로 용감하게 이 노동의 격랑 속으로 뛰어들어 천 겹의 파도를 가르고 만길의 산봉우리를 기어올랐다. 이렇게 겨울이 가고 여름이 오고 다시 해가 바뀌자 두완샹은 평범한 위치에서 결코 평범하지 않은 결과를 만들어냈다. 그녀는 언제나 여유롭고 침착하게 난관을 넘어섰으며 함께 작업하는 동료들을 훨씬 앞질렀다. 그녀에게 탄복한 사람들은 날로 더 그녀를 따랐지만 승복하지 않는 이들은 그녀를 따라잡으려고 무진 애를 썼다. 두완샹은 격류 속으로 뛰어들어가 격류를 헤치며 고갈되지 않는 힘을 발휘했다. 그녀는 자신이 만나는 각양각색의 사람과 사물을 대할 때 언제나 넓은 마음으로 표나지 않게 이 사람을 위하여, 혹은 또다른 사람을 위하여 마땅히 자신이 해야 한다고 생각되는 사소한 일들을 했다. 한해가 지나고 나니 마치 샘물이 솟듯 이곳저곳에서 헤아릴 수 없이 칭송이 들려왔다. 말로 하면 아주 평범한 일이지만 다시 생각해보니 그 모든 일이 보통 사람으로서는 해내기 어려운 일임을 사람들이 깨달았기 때문이다. 그래서 그녀가 겸손하게 사양했음에도 그녀는 항상 만장일치로 추천을 받아 처음에는 생산대에, 다음에는 농장, 그러고는 개간지 전체를 관할하는 모범 노동자가 되었다. 겉으로 보기에 두완샹은 순풍에 돛을 단 듯이 승 승장구한 것 같았으나 실은 양쯔 강의 큰물처럼 험난한 장애물을 소리없이 극복하고 흘러왔다. 두완샹 역시 예상치 못한 곤경에 늘 부딪혔지만 그것을 통해 스스로를 단련하고 성장시켜왔기 때문이 다. 본래 온화한 성격이었던 그녀는 좀처럼 남과 다투거나 싸우며 고집을 피우는 일이 없었지만 가족 집단을 이끌어가는 것은 결코 만만한 일이 아니었다. 한번은 공공소유의 물건을 훔치는 사람을 우연히 발견하고 좋은 말로 잘 타일렀다. 그러자 오히려 적반하장 으로 그 사람이 목소리를 높이며 그녀가 쓸데없이 남의 일에 참견 한다고 욕을 했다. 화가 난 그녀는 온몸이 부들부들 떨리고 얼굴이 붉어졌지만 물건을 훔치던 손을 잡고 엄중하고도 단호하게 꾸짖 었다.

"어떻게 이런 짓을 할 수가 있죠? 이건 공공의 물건인데, 누구도 가져갈 수 없는 물건이니까 얼른 갖다놓으세요!"

그녀가 공정한 태도로 상대를 압도하자 그는 기가 꺾여 슬그머 니 자리를 떴다. 그해에 농장에는 표준이 낮게 설정되어 배급식량 표준도 하향 조정되었다. 때마침 리구이의 부모님이 시골에서 이 사를 오고 그들 내외가 딸까지 낳아 리구이네는 갑자기 살림이 쪼 들렸다. 수확이 끝나자 많은 사람들이 논에 가서 곡식을 주웠다. 비 가 많이 내렸던 그해에는 기계수확이 제대로 되지 않아서 논이 넓 지 않아도 주울 것이 많아 리구이의 부친도 사람들을 따라 곡식을 주우러 갔다. 점점 직공들까지도 휴식시간에 곡식을 주우러 가서 해질녘에는 다들 크고 작은 마대자루를 어깨에 메고 집으로 돌아갔다. 두완상도 따라갔는데 그녀는 손발이 잽싸서 다른 사람보다 많이 주웠다. 그런데 그녀는 주워온 콩, 보리를 한 자루 한 자루 농장 탈곡장으로 옮겨다놓았다. 어떤 사람은 이 광경을 보고 야윈 그녀의 뒷모습에 대고 손가락질하며 멍청하다고 비웃는가 하면, 어떤 이는 남들 눈에 띄어서 칭찬을 받으려고 한다고 뒤에서 비난했다. 집에서도 갈등이 생겼다. 시어머니는 밥을 안 짓겠다고 하며, 어디 시어머니가 밥을 해서 며느리한테 바치는 경우가 있느냐고 따졌다. 시아버지는 밥을 안 먹겠다고 하며 아껴서 어린것이나 더 먹이라고 했고 리구이도 부모님 편을 들며 잔소리를 했다.

"공사의 양식을 다 같이 주워서 집으로 좀 가져가는 게 뭐 그리 대수야? 당신만 주우러 안 가면 그만이지, 고생고생해서 주워온 것을 공사에 갖다바쳐서 사람들이 뒤에서 원망하고 손가락질하게 만들다니……"

두완상은 사람들이 비웃고 욕하는 것에 개의치 않고 듣기 좋은 말로 집안 식구들을 설득하고는 이전처럼 나가서 주워온 것을 농장 탈곡장에 갖다놓았다. 그러고는 이렇게 말했다.

"이것은 우리 집의 양식이죠. 우리는 국영농장의 노동자이기 때문에 육억 인구를 생각해야 해요. 우리 농장 직공들의 배급식량 표준은 이미 다른 어디보다도 높게 책정되어 있으니까요."

눈은 더 커지고 몸은 더 왜소해진 두완상의 완강한 태도는 많은 사람들에게 영향을 미쳐서 심지어 초등학생들까지도 조를 짜서 나라를 위해 곡식을 주우러 나갔다.

어느 해인가 도시에서 지식청년[12]들이 집단으로 농장에 내려온 적이 있었다. 대다수가 중학교 졸업생들이어서 아는 것도 많고 조리에 맞게 말도 잘할 뿐만 아니라 춤과 노래에도 능해 천진하고 발랄하기가 그지없었다. 13생산대에 이렇게 곱게 자란 이십여명의 소녀들이 내려왔는데 두완샹이 조장으로 배치되어 일하고 학습하는 것을 지도하며 그녀들을 돌봐주었다. 그녀들은 소개를 받고는 놀라서 입을 다물지 못했다. 무슨 이렇게 촌스럽고 보잘것없는 젊은 여자가 공산당원이고 개간지 전체의 모범노동자라고? 도저히 상상이 안되는 일이야. 쳇, 누가 지어주었는지 모르겠지만 이름 하나는 멀쩡하군!

이 변덕스런 소녀들은 처음 며칠은 신이 나서 놀더니, 얼마 후 일부는 점차 집 생각에 젖어드는가 하면 더러는 누가 만들었는지 알 수 없는 '누구의 청춘인들 아깝지 않으리……' 하는 노래 구절을 흥얼거리기 시작했다.

소녀들은 처음 한동안은 자신들의 조장이 진지하고 엄숙하면서도 다감하고 부드럽고 일 처리를 꼼꼼하게 하는 게 좋게 느껴졌다. 그러나 점점 그녀가 매일 헝겊을 대고 기운 남색 옷만 입는데다 유행이 지난 촌스러운 머리 모양을 하는 게 눈에 거슬렸고 '에이, 정말 멋대가리 없군!' 하는 생각이 들었다. 두완샹은 인내심을 갖고 소녀들에게 농장을 만들어온 과정과 왕전 부장과 원로 홍군인 농

---

12 중·고등학교를 졸업한 이들을 '지식청년', 줄여서 '지청'(知靑)이라고 불렀다. 대학생 이상은 '지식인'(知識分子), 학교에 다니지 않으면서 아직 직업이 없는 이들은 '사회청년'(社會靑年)이라 불렀다.

장 탈곡장 책임자에 대해 이야기해주었다. ……무릇 그녀가 전해 듣고 그녀를 감동시키고 그녀를 교육시켰던 모든 위대한 인격을 지닌 분들의 사적을 들려주었다. 몇몇은 듣는 것을 좋아하며 마음을 다져먹고 분발하여 원로 홍군에 대한 학습에 임했다. 하지만 일부는 잔소리가 많다고 싫어하며 입을 열자나 빼고 비웃었다.

"흥! 반ᄬ문맹에 촌뜨기, 가정주부 주제에 우리에게 뭐, 정치를 가르치겠다고? 우리가 노동을 할 때 지도하게 하는 것은 그나마 예의를 갖추어 봐주는 거지. 그것도 거울을 안 볼 때 얘기지만."

그러나 두완샹은 마치 그들이 무시하는 것을 못 느끼는 듯이 변함없이 세심하고 확신에 찬 태도로 의욕적으로 돌보고 지도했다. 그녀의 눈에 이 소녀들은 사랑스러운 존재들이었다. 이들은 마오 주석의 지시를 따라 따뜻한 가정의 품을 떠나 도시의 풍족한 생활을 포기하고 고달픈 변경으로 와서 노동을 배우고 있으니 실로 웅대한 뜻을 품은 어린싹들이라고 생각했다. 그래서 그녀는 당연히 마오 주석을 흠모하는 마음과 당을 사랑하는 뜨거운 가슴으로 자신이 그들을 돌보아야 하고 자신 역시 그들로부터 배워야 한다고 생각했다. 그래서 그들에게 자상하게 대할 때는 엄마처럼 대하고 엄격해야 할 때는 선생님처럼 행동했다. 그녀는 소녀들을 이해했기 때문에 관대하게 대해야 할 때와 엄격하게 해야 할 때를 알았다. 소녀들은 점차 자신들이 그녀를 떠날 수 없음을 깨닫게 되었고 어려운 일이 생기면 그녀를 찾고 즐거울 때에도 그녀를 잊지 않았다. 고향에 다녀올 때면 부모님이 준비해서 보내준 기념될 만한 물건들은 항상 두 언니에게 선물했으며 처음에 그녀를 얕잡아보던 몇명의 소녀들도 자신의 잘못을 깨닫고는 완샹을 대하는 태도가 조금씩 달라졌다.

한번은 두완샹이 소녀들을 데리고 십리 바깥의 숲으로 가서 땔나무를 져온 적이 있었다. 이른 아침에 출발할 때는 개천이 아직 살얼음이 낀 정도였는데 돌아올 때는 얼어붙어 있었고, 깊이는 18~21쎈티미터 정도였지만 폭이 사람 키만큼 넓었다. 개천에 이르자 앞장서던 아가씨가 걸음을 멈추고 소리를 질렀다.

"두 언니! 물이 너무 차가워요. 어떻게 하죠?"

두완샹은 조금도 주저하지 않고 장화를 벗었다. 그런데 따라오던 두번째 아가씨도 소리를 지르자 완샹은 쪼그려 앉으며 말했다.

"올라와. 업고 건널게."

완샹이 업어서 건너다주기를 몇번 반복하니 맨 마지막에 서 있던 한 어린 소녀는 그녀를 기다리지 않고 신발을 벗고 입술을 질끈 깨물더니 맨발로 얼음물을 건넜다. 하지만 건너자마자 얼어붙듯이 아파 참지 못하고 울음을 터뜨렸다. 완샹은 곧바로 그녀 옆으로 다가가 앉더니 소녀의 얼어버린 두 발을 자기 가슴에 품어 솜옷과 앞가슴의 온기로 녹이고 두 다리를 주물러주었다. 빙 둘러 그녀를 에워쌌을 때 소녀들은 비로소 두완샹의 두 발이 빨갛게 얼은 것을 발견하고 놀란 나머지 "두 언니! 두 언니!" 하고 외마디 비명을 질렀다. 그날 밤 다들 온돌방 위에 누웠지만 한동안 잠을 이룰 수 없었다. 한 소녀가 말했다.

"우리들 중에는 아무도 할 수 없는 일이었어. 나, 손들었어."

또다른 사람이 말했다.

"우리 중학생들은 무슨 공농병[13]에게 배운다느니 사상을 혁명화한다느니 참 말은 번드르르하게 잘해. 그런데 행동은?"

또 한 사람이 말을 덧붙였다.

"내 생각에, 우리들 가운데 노동자, 농민 동지들의 우직함과 성실함을 이용해서 부당하게 편리를 누리면서도 여전히 그 사람들이 멍청하다고 하는 사람이 있는지도 몰라."

다른 한 사람이 바로잡으며 이렇게 말했다.

"두 언니를 무시하지 마. 두 언니는 바보가 아니라구. 바보가 어떻게 모범노동자가 됐겠어? 두 언니야말로 글자 그대로 훌륭한 공산당원이야. 우리는 그 사람에게 배워야 돼."

뿌리가 깊으니 잎이 무성하다

웅장한 문화궁의 2층 노조 사무실, 두완상은 1964년 1월부터 매일 이곳으로 출근했다. 그녀가 노조의 여성노동자 간사가 되었기 때문이다. 노조 주석은 항일전쟁 시기의 원로였고 몇몇 간사와 비서는 모두 해방전쟁[14] 승리 후에 농장으로 발령받은 퇴역 군관들이었다. 가장 젊은 경리 담당 여성도 항미원조 시기에 지원군으로 갔

---

13 노동자, 농민, 병사를 일컫는 말로, 중국공산당에서는 공농병을 새로운 사회주의국가의 주인으로 내세우고 이들 집단을 두루 경험하는 것을 높이 샀다.
14 일본이 물러난 뒤인 1945~49년에 벌어진 국민당과 공산당 사이의 2차 내전을 가리킨다.

던 예술공연단 출신이었다. 두완상은 그들을 몹시 존경하여 자신의 스승으로 여겼고 그들 또한 완상을 진심으로 아껴 모두들 자원해서 그녀의 업무를 도와주었다. 이들은 그녀에게 문서와 팸플릿 보는 법을 가르쳐주고 작업계획 초안 짜는 요령과 학습한 것을 체득하고 정리하는 법, 그리고 각종 연설 원고 작성하는 일 등을 도와주었다. 왜냐하면 두완상은 빈번하게 모범노동자 좌담회에 참석해달라는 요청을 받아 생산대에 가서 경험을 강연하고 또 마오 주석의 저작을 학습한 소감에 대해 강연하는 일이 잦았기 때문이다. 또, 종종 농업개간지구와 성省의 모범노동자 경험 교류 모임에 참석하고 그외에도 취재하러 온 기자를 접견하고 참관차 온 지도자 동지들을 접대해야 했기 때문이다. 명예는 봄바람이나 흐르는 물처럼 다가와 그녀를 부드럽게 적셨다. 하지만 두완상은 전혀 그것에 도취되지 않았다. 행사장을 벗어나면 곧바로 농장의 직속 기구와 기업, 인근 생산대로 가서 일일이 돌아보았고 그다음에는 변방의 생산대로 가서 며칠씩 묵으며 직원 가족들과 함께 일하고 간부들과 대화를 나누거나 좌담회를 개최했다. 그녀는 자신이 이해한 것과 시찰한 내용을 배우는 한편, 정리해서 자료로 만들고 문제를 제기했다. 그녀가 야학에 참석해서 이년 동안 문화학습을 지속하는 동안 함께했던 사람들은 모두 그녀의 발전 속도에 놀라워했다. 같은 사무실에서 일하던 간부들과 비서들은 처음에는 그저 당이 발탁한 평범한 여성 간부 정도로만 생각했으나 그제야 비로소 그게 전부가 아님을 깨달았다. 그녀는 나날이 발전하여 사람들의 주목을 받았다. 도대체 무엇이 그녀로 하여금 하루가 다르게 이처럼 더욱 위대하고 고상하고 순수한 인격을 갖추도록 만든 것일까?

　두완샹이 학습한 소감에 대해 강연할 일이 또 생기자 주위의 몇몇 동지들이 다시 바빠지기 시작했다. 이들은 너무나 열심히 그리고 흔쾌히, 그녀가 이번 강연 원고를 더욱 훌륭하고 생동감 있게 쓸 수 있게 도와주었다. 그들은 그녀와 대화한 뒤 신문, 잡지, 문서, 맑스·레닌주의 저작, 마오 주석의 저작 들을 뒤져 완벽하고 문맥이 통하면서도 명확하게 강연 원고를 작성해주었다. 두완샹은 완성된 원고를 읽고 몹시 만족스러웠으나 과거에 경험했던 고통스러운 기억이 다시 그녀를 엄습해오는 것을 느꼈다. 그것을 다시 반복할 수는 없었다. 지금까지 그녀는 연단에서 수천명의 시선을 한몸에 받으며 원고를 다 읽고 난 뒤 터져나오는 박수 소리를 들을 때면 늘 불안과 공허를 느꼈다. 강연 원고는 신문 사설과 마오 주석의 저작을 학습한 소감, 선진적 인물의 경험이 문장 곳곳에 인용되어 확실히 흠잡을 데 없이 훌륭하게 쓰여 있었으나 두완샹은 항상 이 듣기 좋은 말들이 자신의 말이 아니라고 느껴졌다. 그래서 다른 사람이 써준 말들로 강연할 때면 마치 남을 속이는 것 같았다. 그녀는 더이상 이런 식으로 계속해나갈 수가 없었다. 모범노동자를 맡지 않고 강연을 하지 않으며 신문지상에 이름이 나지 않는다 해도 반드시 성실해야 했다. 자신이 비록 당장 문장을 쓸 능력은 없지만 진심이 담긴 자신의 말을 할 수 있고 마땅히 해야만 했다. 생각하는 대로 말해야 하는 것이다. 그래서 그녀는 초안을 다시 만들어 스스로 생각하고 실마리를 풀어내어 자신이 이해하는 단어로 자신의 내면을 들려주기로 마음먹었다. 먼저 개요를 적고 노조의 몇몇 동료들과 야학 교사들에게 들려주며 의견을 물은 뒤, 노동 자대회에서 처음으로 자신이 준비한 자신의 언어로 강연을 했다. 1965년 말의 일이었다.

그날 밤, 거울처럼 맑은 하늘은 바람 한 줄기 없이 촘촘히 박힌 별들로 반짝이고 있었다. 문화궁 앞 광장의 잣나무 숲에는 흰 눈이 소복히 쌓여 우뚝 솟아오른 가지가 장엄한 자태를 뽐냈고 멀고 가까운 도로에는 연한 백색 가루들이 떠다니며 빛을 반사하고 있었다. 어둠은 차갑고 고요했다. 그러나 문화궁 안의 휘황찬란한 불빛은 밖으로 비쳐나왔고 때때로 환호하는 웃음소리와 박수 소리가 울려퍼졌다. 위층과 아래층이 사람들로 가득 차 훈훈한 기운이 넘치는 가운데 문화궁의 대강당에서는 두완상이 전체 농장의 직원과 노동자 들을 대상으로 한창 자신의 사업과 사상에 대하여 보고하고 있었다.

그녀는 자신의 유년 시절 이야기부터 시작했다. 궁벽하고 조그마한 산골에서 태어나 대대손손 고생스럽게 일하면서 온갖 착취와 압박을 겪어온 일과 몽매하고 무지한 사람들의 힘겨운 삶, 그런 낙후한 환경에서 학대와 고통을 견디면서 자신이 다른 세상을 얼마나 꿈꾸었는지, 다른 생활, 사람과 사람 사이의 다른 관계를 얼마나 갈망했는지를 이야기했다. 청중은 두완상을 따라 어둡고도 무거운 시대로 걸어들어갔고 고통받는 인민의 심정에 빠져들었다. 그들은 자신을 돌아보고 광풍과 폭우의 습격으로 고통받던 조상 대대로의 삶과, 그럼에도 선조들이 보여준 강인한 삶의 의지와 투쟁적 의지를 회상했다. 비록 구舊중국의 머리를 짓누르는 세가지 커다란 산[15]

이 있었지만 노동하는 인민은 힘을 발휘해왔고 두완샹이야말로 바로 황토고원에서 극한의 가뭄을 뚫고 피어난 한 포기 어린 풀이자 모래바람을 견디고 자란 한그루 살구나무였던 것이다.

두완샹의 보고는 혁명의 승리 이후에 도래한 새롭고 찬란한 세상을 전해주었다. 문화궁 강당에 훈훈한 한 줄기 봄바람이 불어오자 사람들은 참신한 삶에 고무되었고 두완샹의 소박한 이야기를 따라 광활하고 오색찬란한 파도가 격하게 밀려왔다. 조국! 인민의 조국이여! 너는 얼마나 풍요롭고도 광활한가! 너의 맑은 쪽빛 하늘과 너의 신선하고 부드러운 초원, 너의 들쭉날쭉 늘어선 마을, 너의 울창하게 덮인 푸른 숲, 너의 부드럽고 다채로운 강, 너의 웅장한 고성古城과 비단처럼 화려한 신도시…… 이 모든 것, 조국의 모든 것들이 사람들의 마음을 감싸안아 한 사람 한 사람의 마음은 취한 듯한 행복감에 젖어들었고 또 걷잡을 수 없는 기세로 광풍을 타고 거친 파도를 넘어 높은 산과 바다로 날아올라 교룡을 베고 용을 사로잡았다.

가장 사랑스러운 곳은 어디인가? 베이다황! 무엇이 가장 숭고한 사업인가? 베이다황을 건설하는 것이다! 어떤 사람이 가장 존경받을 만한 사람인가? 천지개벽 이래 그 어떤 일과도 비교할 수 없을 만큼 고난으로 가득한 것이지만 굳센 의지로 투쟁 속에서 승리를 쟁취하고 투쟁 속에서 기쁨을 느끼는 베이다황 사람이다. 그들은 멀리 고향을 떠나 조국을 위하여 늪과 황무지를 개간하고 조국을

───────────────

15 마오쩌둥이 구중국 사회의 억압 요인으로 지적한 세가지를 말하며, 제국주의, 봉건주의, 관료주의를 가리킨다.

위해 베이다먼[16]을 지키고 변방을 수비하며 변경을 개척한다. 그들은 전통적인 의식과 감정에서 탈피하여 큰 뜻을 가슴에 품고 현대화된 사회주의 농업기지를 건설하며 고상한 품성을 갖춘 새로운 노동자로 스스로를 단련시킨다. 그들은 부를 생산하고 문화를 창조한다. 이곳은 조국의 변방, 하지만 조국의 심장과 긴밀하게 맺어져 있다. 청중은 여기까지 듣자 가슴속에 뜨거운 열기가 넘쳐 이렇게 소리를 지르고만 싶었다.

"당이여! 영명하고 위대한 당이여! 네가 세상에 주는 것은 빛! 희망! 따스함! 행복이다! 우리는 영원히 너와 공산주의 사업을 위해 싸우리라, 우리는 너의 것이니!"

두완샹은 이렇게 이야기를 마무리했다.

"저는 평범한 사람이며 누구나 다 하는 평범한 일을 하고 있습니다. 저는 한가지 이치는 알고 있습니다. 저에게 오늘이 있을 수 있었던 것은 모두 근면하게 노동하는 동지들과 이상을 품은 분들이 저를 깨우치고 격려해주셨기 때문이라는 점입니다. 또한 우리 모두는 당이 가르치고 당이 길러낸 사람들입니다. 저는 오로지 영원히 당의 지도하에, 있는 그대로 사실에 근거하여 진리를 탐구하고 성실하게 당의 요구에 따라 공산주의 사업을 위해 죽는 날까지 분투하기를 희망합니다."

강연을 마친 두완샹은 단상 앞에 서서 강당을 가득 메운 청중을 겸손하게 바라보며 미소 짓고 있었다. 위층과 아래층에서는 정적

---

16 산둥 성 해안에 위치한 지역.

이 흘렀으며 사람들은 아직도 졸졸 물 흐르는 듯하고 새소리처럼 가벼운 그 강연이 계속되기를 기다리고 있었다. 그들은 그녀의 강연을 들으면서 자신이 아직 보지 못하고 듣지 못하고 느끼지 못했던 것들, 혹은 보고 듣고 느낀 적이 있으나 오히려 소홀히 했던 현실 생활과 어떤 의미있는 것, 깊은 깨달음을 주었던 사람과 사건들을 보고 듣고 느꼈다. 두완상은 경전을 인용하거나 전고典故에 근거하지 않았지만 경전에 담긴 명언과 철학 들을 모두 그녀의 소박한 강연 속에 녹여냈다. 마치 곡식이 햇살과 비와 이슬을 흡수하듯이 훌륭한 사람들과 좋은 일, 훌륭한 문구가 전부 그녀의 영혼과 혈액 속으로 스며들어 뿌리가 깊어지고 잎이 무성해져 어떠한 병균에도 저항할 수 있게 된 것 같았다. 두완상은 격앙되지 않았으며 오직 친밀하고 세심할 따름이었다. 사람들이 그녀를 아무리 흠모하고 따른다 해도, 변함없이 지극히 온화하고 친근하며 마음에 거리낌이 없고 소박하고 강인하며 전혀 과장됨이 없으면서도 마치 불을 품고 있는 것처럼 시종 열정적인 모습, 이것이 바로 사람들이 알고 있는 두완상이었다.

그때 당 서기가 그녀 곁으로 다가와 그녀의 손을 꽉 쥐며 유쾌하면서도 진지하게 말했다.

"완상 동지, 당신이 내게 정말 훌륭한 가르침을 주었소. 나, 내가 여러분을 대신하여 당신께 감사드리오."

갑자기 강당 안은 봄날의 천둥 같은 박수 소리가 폭발음처럼 터져나왔다. 깊은 사색에서 깨어난 많은 노동자들은 심야에 불빛을 발견한 것처럼 가슴속에 무한한 희망이 솟아나는 것을 느꼈다. 이

들은 두완상, 그녀가 자신들의 맨 선두에 선 모범노동자로서 손색
이 없으며 자신들은 그녀에게 배우고 그녀와 함께 전진해야 한다
는 것을 전적으로 확신했다.

‘높이 날아올라야 할 한마리 새’, 딩링

딩링의 생애

딩링(丁玲, 1904~86)이 창작을 시작한 지 근 한 세기가 흐른 오늘날, 많은 독자들은 그녀를 『쏘피의 일기(莎菲女士的日記)』의 작가로 기억한다. ‘죽은 듯이 고요한 문단을 공격한 폭탄’이라 불린 이 출세작은 5·4 신문화운동 시기에 전통에 저항하는 지식인 여성을 형상화함으로써 문학사에 뚜렷한 족적을 남겼다. 그후 1986년에 세상을 뜨기까지 딩링은 파란만장한 개인사와 함께 다양한 창작상의 변화를 보여주었는데 그 변화의 이면에는 현대 중국의 정치·사회적 환경이 적잖은 영향을 미쳤다. 현대사의 중요한 전환점마다 그녀는 비판 대상으로 지목되어 입장을 표명해야 했고 작가로서의 소신과 외부의 요구 사이에서 긴장을 느끼며 글을 써야 했기 때문이다. 그 결과 그녀의 작품세계는 초기인 1920년대와, 1940년대를 전후한 옌안 시기, 그리고 1949년 사회주의국가 건국 이후의 시기를 거치는 동안 변화의 폭이 컸다. 물론 어떠한 작가도 시대 변화로부터 자유롭지 않다. 그러나 5·4 신문화운동이 길러낸 여성 작가 가운데 오십여년이란 가장 긴 시간 동안 창작에 임했던 딩링의 경우에는 현대 중국의 정치·사회적 변화가 글쓰기에 깊이 각인되어 있어 역사적 맥락을 떠나서는 이해하기 어려운 측면이 두드러진다.

딩링은 1904년 10월 12일 후난 성(省) 창더에 있는 외가에서 태어났다. 청나라 말의 수재로 일본 유학을 한 부친 장바오첸(蔣保黔)과 학식 있는 집안 출신인 모친 위만정(余曼貞) 사이에서 태어나 부친의 고향인 린리 현에서 자랐으며, 본명은 장웨이(蔣偉), 자는 빙즈(氷之)이다. 후난 성의 소도시에서 성장한 그녀는 어머니의 친구인 샹징위(向警豫)를 통하여 신사상의 분위기를 처음 접하였다. 네 살 때 부친이 요절하고 양쪽 집안에서 지원이 끊기자 딩링의 모친은 삼십세의 나이에 전족을 풀고 사범학교에 입학, 소학교 교사가 되어 딩링 남매를 길렀는데 그때 막역한 벗이 되어주었던 이가 샹징위였다. 프랑스 유학 1세대였던 샹징위의 영향으로 딩링은 프랑스로 상징되는 서구문화에 대한 동경을 품었으며 일곱살부터 열네살까지 어머니 곁에서 번역소설과 문학잡지를 보며 자랐다. 집안이 몰락하는 과정에서 부계 종법제의 잔혹함을 경험한 딩링은 5·4 신문학의 개성해방사상을 접한 뒤 성명을 '딩링'으로 바꾸고 단발을 한 뒤 약혼을 파기하고 열여덟살 되던 1922년에 상하이로 배움을 찾아 떠났다.

상하이에서 무정부주의와 맑스주의를 접하였으나 흥미를 느끼지 못하였으며 이때 그녀에게 지적 자극을 준 중요한 인물인 취추바이(瞿秋白)와 사제 사이로 만나게 된다. 풍부한 문학적 감성의 소유자이자 훗날 중국공산당 서기를 역임하기도 했던 취추바이는 그녀의 반골 기질을 간파하고 "마음껏 날아보시오, 당신은 높이 날아야 할 한마리 새요"라며 타고난 문학적 재능을 일깨워주었다.

1924년, 상하이를 떠나 베이징으로 상경한 딩링은 대학에서 미술을 공부하려다 낙방을 맛보았으나 그곳에서 사랑과 명성을 모두 얻게 된다. 그녀는 무명 시인인 후예핀(胡也頻)을 만나 사랑에 빠지고 1927년에는 『쏘피의 일기』를 발표하였다. 1927년은 국민당과 공산당이 전국통일을 위하여 맺었던 제1차 국공합작이 결렬된 해로, 그 결과 반혁명파가 득세하여 지식인들이 베이징을 빠져나가고 상하이에서는 딩링의 지인들이 국민당에게 목숨을 잃는 절망적인 상황이 벌어졌다. 이런 암울한 분위기에서 『쏘피의 일기』가 씌어졌다.

'쏘피'라는 스무살 전후의 지적이고 병약한 여성를 그린 이 일기체 소설은 여성의 성욕을 중심으로 자기분열적인 갈등을 겪는 젊은 지식인 여성의 내면을 '독백'과 '관찰'이라는 이중의 시선으로 묘사하고 있다. 자존감 있는 '자아' 만들기에 실패한 인물인 쏘피에 대한 문단과 청년들의 반응은 폭발적이었다. 동시대 여성 작가들이 자기파괴적인 어두운 분위기로 고통받는 전통적인 여인의 이미지를 그린 것과 달리, 딩링은 러시아 여성 혁명가인 쏘피아 뻬롭스까야(Sophia Perovskaya)를 음역한 '쏘피'라는 여성을 창조함으로써 여성다움이라는 '관념' 자체에 도전하였기 때문이다. 사회변화에 민감하면서도 여성으로서의 자의식을 지닌 딩링의 사유는 이때 정초되었다.

1930년대의 중국 사회는 국내적으로는 국민당과 공산당 사이의 대결이 격화되고 국외적으로는 일본의 침략으로 중일전쟁이 전면화된 상황이었다. 이 시기 딩링의 글쓰기는 점차 고통받는 농민과 하층민으로 제재가 확장되고 기법도 심리묘사보다 사실주의적인 경향으로 변화한다. 이러한 변화에는 사회 변화에 대한 딩링의 인식과 더불어 개인사가 적지 않은 영향을 미쳤다. 1931년, 남편 후예핀이 '좌련 오 열사'[1]의 한명으로 국민당에 체포되어 처형당함에 따라 그녀는 스물일곱살의 나이에 생후 삼개월 된 아들을 홀로 길러야 하는 처지에 놓인다. 아기를 후난 성의 어머니에게 맡기고 상하이로 돌아온 딩링은 좌익작가연맹의 기관지인 『베이더우(北斗)』의 편집장을 맡고 이듬해에는 공산당에 입당했다.

국민당은 딩링이 작가로서의 명성에다 열사의 미망인이 되면서

----

1 '좌련 오 열사 사건'을 말하는데, 1931년 1월 국민당이 '좌련'(좌익작가연맹) 소속 작가 다섯명을 체포하여 재판 없이 비밀리에 처형한 사건이다.

가지게 된 영향력을 축소시키고자 1933년 난징에 연금 조치하였으나 1936년 9월, 딩링은 관리가 소홀한 틈을 타 공산당의 도움을 받아 혁명 근거지인 옌안으로 탈출하는 데 성공한다. 그녀는 공산당의 근거지를 찾아온 첫번째 유명인사로서 재중 미국 언론인인 애그니스 스메들리(Agnes Smedley)는 물론, 마오쩌둥(毛澤東)과 저우언라이(周恩來)로부터 열렬한 환영을 받았다.

그러나 혁명 근거지인 옌안의 모습은 그녀가 기대했던 것과 달랐다. 옌안에서는 마오쩌둥의 아내인 장칭(江靑)을 비롯한 공산당 간부들이 이미 특권층으로 군림했으며, '해방된' 여성들은 일과 가정을 양립하고자 분투하였음에도 여전히 고된 삶과 편견에서 비롯된 비난에 직면하고 있었다. 이런 모습을 본 딩링은 1942년 여성의 날을 맞아 「3·8절 소감(三八節有感)」이란 글을 써서 자신의 생각을 발표하였다.

딩링이 옌안에 온 후로 특히 심혈을 기울인 것은 현장 체험이었다. 그녀는 전선과 농촌을 돌며 순회공연을 하는 서북전지복무단(西北戰地服務團)을 이끌면서 비로소 중국의 농촌사회와 '혁명주체'인 농민이 지닌 양면성을 실감할 수 있었으며 그 체험을 단편소설인 「내가 안개마을에 있을 때(我在霞村的時候)」와 「병원에서(在醫院中)」에 담아냈다. 두 작품은 농촌사회의 가부장성과 타성에 젖어 변화를 꺼리는 간부의 배타적 태도를 묘사하였는데, 「3·8절 소감」과 함께 딩링이 공산당의 비판을 받기 전의 자유로운 글쓰기를 대표한다.

1942년에 중국공산당은 「옌안 문예좌담회에서의 연설(在延安文
藝座談會上的講話)」[2]을 통해 자유주의적 작가를 비판하였다. 사회주
의시대의 문예정책의 원형이 된 이 '연설'은 '문예가 사회의 밝은
면을 그려냄으로써 혁명적인 대중에게 봉사할 것'을 요구했다. 이
는 국민당이 옌안을 봉쇄하고 일본이 공격해오는 상황에서 발표되
었는데, 공산당은 그런 상황에서 딩링의 작품들이 '간부와 대중 사
이의 신뢰에 금이 가게 한다'고 비판했다.

당은 처벌로 딩링을 이년간 변방으로 발령 보내서 농촌 생활을
하게 한다. 그후로 딩링의 작품에는 지식인 특유의 비판적 문제 제
기보다는 사회의 밝은 면을 부각시키는 긍정적인 글쓰기가 두드러
지게 된다. 장기간의 농촌 체험은 공산당의 토지개혁을 다룬 장편
소설인 『태양은 쌍간 강을 비추고(太陽照在桑乾河上)』의 토대가 되
었으며, 1952년 '사회주의권의 노벨상'이라 불리는 스딸린문학상
이등상을 수상한다. 이 작품은 세계 각국의 언어로 번역되었으며,
중국혁명의 과정을 대외적으로 알리는 계기이자 딩링을 국제적인
작가의 반열에 오르게 해주었다.

1953~54년은 딩링이 생애 최고의 영예를 누리며 가장 활발하게
활동하던 시기이다. 그녀는 마오쩌둥의 지지 아래 사회주의시대에
필요한 신생 작가를 양성하는 '중앙문학연구소'(中央文學硏究所)를
설립하여 후진 양성에 힘썼고 당의 기관지인 『인민일보(人民日報)』

---

2 1942년 마오쩌둥이 문예좌담회에서 행한 연설로, 이후 중국공산당의 문예정책
　의 골자를 담고 있으며 딩링에 대한 비판이 포함돼 있었다.

의 주편을 겸하였다. 그러나 1955년을 전환점으로 하여 하향 일로를 걷기 시작한다.

중국공산당은 오랜 전쟁으로 파괴된 생산력을 회복하기 위해 설정한 제1차 경제발전 5개년 계획의 목표가 1956년에 조기 달성되었다고 선언하였다. 그에 따라 당시까지 유지되던 부르주아와 노동자, 농민, 지식인의 연합정부인 '신민주의혁명 단계'가 폐기되고 마오쩌둥은 '사회주의 단계'로 진입하기 위한 급진 좌경 노선을 추진한다. 문예계에서는 이러한 좌경화에 직접적인 영향을 받아 소위 '우파 지식인'을 비판하는 '반우파 투쟁'이 전개된다. 이때 딩링은 스딸린문학상을 받아 국제적 명성을 누리고 있었는데, '걸작 한권만 쓰면 된다'는 생각을 지닌 것으로 오인받고 '책 한권 주의'라는 죄목으로 숙청당하게 된다. 이전에 중앙문학연구소에서 그녀가 학생들에게 '무릇 작가라면 자신만의 대표작을 갖는 것이 중요하다'고 했던 발언이 '출세주의'로 고발되어 부르주아 사상을 지닌 작가로 분류된 것이다.

사회주의국가 건국 이후 언론의 자유가 사라지는 계기가 되었던 이 숙청은 지식인들의 비판적 목소리가 점차 커지던 1950년대 중반의 상황과 마오쩌둥이 판단하기에 '자본주의적 요소가 부활'하는 것으로 보였던 국내외적 상황에 대해 당이 제동을 걸고자 단행했던 조치였다. 그러나 당시 관련자들의 진술을 살펴보면, 그러한 시대적 배경 말고도 당의 입김조차 먹히지 않을 정도로 너무나 주관이 뚜렷한, 혹은 자신감에 가득 찬 딩링에 대한 경계가 한 요인이었던 것으로 보인다.

비판을 받은 딩링은 1958년부터 근 이십년 동안 글을 쓰고 발표할 권리를 박탈당한 채, 추운 동북의 개간지인 베이다황(北大荒)에서 월급을 받으며 노동자로 살았다. 평탄치 않은 딩링의 삶 가운데 가장 알려지지 않은 부분이 문화대혁명(1966~76) 시기의 삶이다. 『태양은 쌍간 강을 비추고』를 통하여 국제적인 명사가 된 딩링은 1958년에 사람들의 시야에서 갑자기 사라졌다. 이십년 동안 그녀의 생사를 알 수 없었으며 작품도 판금되었다. 1976년 6월, 세인들 앞에 나타난 그녀는 노동개조와 오랜 수감 생활로 인해 칼로 파낸 듯한 주름이 잡힌 '생존자'의 모습으로 돌아왔으며 그동안 그녀가 무엇을 생각하며 어떤 생활을 했는지에 대해서는 알려진 바가 극히 적다. 다만 1965년에 쓰기 시작해서 1979년에 출판한 여성 노동영웅을 다룬 「두완샹(杜晚香)」과 수감 생활을 수필 형식으로 묶은 『외양간 소품(牛棚小品)』 등을 통해 추정해보는 정도이다.

문화대혁명이 종식되고 중국이 서방세계에 조금씩 자신의 모습을 드러내기 시작했던 1981년에 딩링은 미국을 방문한 적이 있다. 일흔일곱살의 노인이라고 하기엔 너무나 형형한 눈빛을 지닌 그녀에게 서방 기자들이 '문화대혁명의 대표적인 피해자로서 중국에 창작의 자유가 있다고 보는가' '이십년간 겪은 고통에 대하여 어떻게 생각하느냐' 하는 식의 질문을 쏟아붓자 이렇게 답하였다. "제가 나라 안에 있을 때도 한마디 원망을 안했는데 하물며 밖에 나와서 원망하겠습니까?" 순간, 중국의 인권 문제에 대한 비판적 발언을 기대했던 서양 기자들은 몹시 당혹스러워했다고 한다.

　사회주의 중국 건국 후에 딩링은 지식인으로서의 균형감각을 유지하려고 노력했다. 현실에 밀착하여 인민들 속에서 희망을 발견하고 신세대의 생기발랄한 개척정신을 고무하는 한편, 고루한 인습에 빠진 인민들의 태도와 점차 기득권으로 변해가는 간부들의 관료주의에 대해 경계를 늦추지 않았다. 그러나 문화대혁명의 종결과 함께 사인방이 실각하고 난 뒤인 1978년 10월 8일자 일기에는 미국에서 인터뷰하던 당시와 달리, 그녀의 솔직한 심경이 드러나 있다.

　글을 쓰려면 더욱 깊이, 더욱 생활화해서 써야 한다. 그러면 또 일군의 사람들에게 밉보이겠지. 중국에는 아직도 이런 자유가 없다. 「3·8절 소감」은 나에게 수십년 동안 고통을 주었다. 옛 상처가 여전한데, 어찌 또 스스로 화를 자초하여 자손들에게 재앙을 남기겠는가?

　불행하게도 자기검열이라는 딜레마가 그녀의 내면 깊숙이 극복하기 힘든 질곡으로 자리 잡았음이 느껴지는 내용이다. 그러나 위 인터뷰에서 그녀의 대답은 실은 이 딜레마보다 더 깊숙이 자리 잡은, 자유롭고자 했던 영혼인 딩링이 생의 마지막까지 포기하지 않았던 모종의 신념을 보여준다. 비록 오류가 있다 해도, 공산당은 '과(過)보다 공(功)이 크다'는 확신, 그것이다.

작품해설

이 책은 각각 1937년, 1942년, 1979년에 발표된 단편소설 세편과 보고문학 한편을 싣고 있다. 이 책에서 소개하고 있는 작품들은 딩링이 고향인 남방을 떠나 서부전선에서 농민과 홍군 들과 생활하다가 건국 후에 작가이자 문화계 관료로 활동했던 시기에 쓴 것으로, 시대상과 딩링의 사유체계를 집약적으로 반영하고 있다는 특징을 지닌다.

「발사되지 않은 총알 하나(一顆未出膛的槍彈)」는 딩링이 옌안으로 간 후에 쓴 첫번째 작품이다. 국민당과 공산당 사이의 내전이 중지되고 통일전선의 기운이 무르익던 시기에 발표된 이 작품은 1936년 10월, 딩링이 전지복무단을 이끌고 서북지역의 시안(西安)에서 바오안(保安)으로 이동하던 이십여일 사이에 쓴 일고여덟편의 글 가운데 하나이다. 원래 인상기나 르뽀 형식의 글쓰기를 좋아하지 않았던 딩링은 짧은 시간 동안에 쓴 이 작품을 발표할 생각이 없었으나 1937년 7월 7일, 일본이 베이징 근교를 폭격하면서 중일전쟁이 발발하자 '역사를 기념'하기 위하여 출간했다. 작품에는 체포되어 곧 처형당할 운명의 홍군 소년이 국민당 장교에게 총알 하나를 아껴두었다가 일본군을 죽이는 데 쓰고 자신은 칼로 죽여달라고 하는 에피소드가 담겨 있는데 좌우 이념을 떠나 '우리는 중국인'이라는 민족주의적 정서가 농후하다.

「내가 안개마을에 있을 때」는 1941년에 쓴 작품으로 전시의 성
(性) 문제를 다룬 작품이다. 딩링은 중국 공산당이 전시에 여성을
동원하여 '침대 위의 전쟁'을 수행했다는 사실을 이 소설을 통해
보여주고 있다. 이 작품은 두가지 측면에서 문제적이었다. 먼저, 군
인에 대한 여성의 '성적 서비스'가 전투력의 일부로 활용될 수 있
는가 하는 제도적 측면에서의 문제 제기, 둘째로, 그것을 용인할 수
있다 해도 당사자인 여성에 대한 '혁명주체'라고 하는 주위 사람들
의 의식은 어떠했는가를 문제 삼았다는 점이다.

20세기 동아시아의 전쟁에서 자국 여성의 성을 활용하여 정보
를 수집하거나 병사의 성병 예방을 위한 도구로 활용한 예는 국가
를 초월하여 존재했던 공통된 현상이었다. 일본의 중국 여성 연구
자인 에가미 사찌꼬(江上 幸子)가 분석한 바에 따르면, 일본군은 전
쟁 당시 자국 여성뿐 아니라 삼십세 이하의 중국 여성 역시 '공출'
(供出)하도록 요구하였으며 중국 공산당은 적군에게 성적 서비스
를 하는 중국 여성들에게 '애국'이란 명목으로 적의 정보를 염탐하
게 했다. 그러나 「내가 안개마을에 있을 때」에서 딩링이 주안점을
둔 것은 여성들을 제도적으로 이용했던 사실에 대한 비판보다는
소위 '혁명주체'라고 하는 농민들이 그녀들에 대해 갖고 있던 인식
의 문제였다.

'위안부'가 된 전전(貞貞)의 귀향을 계기로 여성의 '성'이 관심
사로 떠오르자 마을의 "개중에 부녀자들 몇몇은 전전에 대해 우월
감을 드러냈는데, 자신은 깨끗하고 강간 같은 것은 당한 적이 없다

며 뻐기고"(30면) 다녔다. 한편 마을 남자들은 그녀가 성병으로 코가 문드러졌다는 둥, 백명도 넘는 일본 놈과 잤다는 둥 하는 말들을 주고받으며 추운 날씨에도 다들 전전네 마당으로 모여들어 "두 손을 모아 입김을 불어가며 마당에서 서로서로 얼굴을 쳐다보"며 (32면) 그녀를 탐색한다. 동네 사람들에게 둘러싸인 전전의 모습은 다음과 같이 묘사되어 있다.

전전의 얼굴은 어지럽게 헝클어진 긴 머리칼 아래 가려져 있었지만 험악한 두 눈동자로 무리를 쏘아보고 있음을 알 수 있었다. 나는 그녀 옆으로 가서 멈추었다. 그녀는 내가 온 낌새를 전혀 느끼지 못했거나, 아니면 나를 그녀와 적들 사이에 끼어들 자격이 전혀 없는 사람으로 간주하는 듯했다. 전전은 그녀가 풍기던 시원스럽고 명랑하고 유쾌한 어떤 분위기를 전혀 떠올릴 수 없는, 완전히 다른 사람이 되어 있었다. 마치 우리에 갇힌 야수처럼, 복수의 여신처럼, 누구에게 증오의 한을 내뿜고 있는 것일까? 왜 이렇게 참혹한 모습을 보여야 했을까?(33면)

이 작품에 대하여 공산당의 고위 간부는 '여성해방을 억압한 것은 반동계급이지 일반 남성이 아니었다'는 이유로 비판했다. 그러나 이 작품은 동아시아적 맥락에서 '민족국가와 성'이라는 민감한 주제를 논할 수 있는 지평을 마련했다는 점에서 의미를 지닐 뿐만 아니라 딩링의 장기인 인물묘사에 있어서도 성공적인 작품으로 꼽

힌다. 항전 시기에 딩링의 글쓰기가 에피소드 위주의 대사와 설명 중심이었던 것과 비교할 때 이 작품은 그녀 특유의 섬세한 심리묘사와 인물들의 눈빛, 자세 등을 통하여 전전이라는 인물을 생동감 있게 형상화하고 있기 때문이다.

같은 해인 1941년에 쓴 「병원에서」는 당시로서는 유일하게, 도시에서 온 여성 지식인을 다루고 있다. 이십대 초반의 루핑(陸萍)은 물자가 부족한 시골 마을에 갓 문을 연 병원에 부임한 산부인과 여의사로, 사명감과 열정이 넘치는 그녀의 행동은 주변 인물들로부터 호응을 얻지 못한다. 딩링은 그 원인이 위생 관념이 없는 대중의 무지와 충분히 개선할 수 있음에도 변화를 꺼리는 간부들의 타성에 있다고 지적하고 있다. 루핑은 "하나밖에 없는 이 주사바늘이 이미 휘어버렸는데, 의사와 원장 들은 다 구부러진 바늘을 사용하는 법을 배워야 한다고만 말합니다"(61면)라고 구체적 예를 들어가며 실천할 수 있는 부분부터 개선해나갈 것을 요구한다. 그러나 처음에는 흥미있게 이야기를 듣는가 싶던 의사와 간호사 들은 아무 반응이 없었으며 점차 그녀를 도외시하고 오히려 물정모르는 사람이라고 뒷말을 하더니 결국 그녀는 당으로부터 '자유주의자' '영웅주의자'라는 비판을 받게 된다.

딩링의 예리함은 지식인이 이러한 두려움에서 벗어나려고 취하는 방식을 묘사하는 데서 잘 드러난다. 루핑은 사상에 문제가 있다는 당의 비판을 받고 급속도로 위축된다. 두려움에서 헤어나지 못하던 그녀는 사랑에 빠져서 일을 그르쳐선 안된다는 훈계까지 듣자 수치심과 심한 분노에 휩싸여 일순간에 과격분자로 돌변한다. 진리는 영원히 자기편이라고 믿고 마치 원수를 찾듯 사방에서 빈틈을 찾아 누구든 '반혁명적'이라고 고발할 태세를 취한 것이다. 1942년 문예좌담회에서 이 작품은 '간부를 비판함으로써 이들과 대중 사이를 멀어지게 했다'는 이유로 비판을 받았다. 정치적 잣대에 따른 당시의 비판을 독자들은 시대 상황을 이해하는 데 참조할 수 있을 것이다. 그러나 좀더 예민한 감각을 지녔다면 훗날 사인방이 실각하고 난 뒤 딩링의 행보를 연상시키는 하나의 암시, 곧 지식인이 외부로부터 사상적인 '순결'을 인정받기 위하여 어느 정도까지 극단적이 될 수 있는가 하는 문제에 대한 자기암시를 감지할 수 있으리라 생각한다.

바로 그러한 측면에서 「두완샹」은 주의 깊게 감상해야 하는 작품이다. 문학사에서는 통상 이 작품을 '높고, 완전하며, 위대한'(高, 全, 大) 사회주의 노동자상을 형상화한 전형적인 작품이라고 평한다. 이러한 평가가 문예가 정치를 위해 봉사한다는 '정치적' 효과의 측면에서 이루어진 해석이라면, 이와 달리 딩링의 개인사라는 지평에서도 이 작품을 이해할 필요가 있다.

1955년에 우파로 비판을 받고 1958년에 육체노동자 신분으로 농장에 파견된 딩링은 1978년까지 작품을 통해 독자와 만날 수 없었다. 「두완샹」은 딩링이 복권되기 직전에 수정을 거친 작품인데, 1978년에 복권된 딩링은 '나는 어떤 새로운 선물을 갖고 독자와 만날까' 하는 고민을 하다가 「두완샹」을 출판사에 건넸다. 그러나 작품은 연이어 거절당했다.

딩링이 처음 발표를 원했던 『인민일보』에서는 마지막 부분의 "당이여! 영명하고 위대한 당이여! 네가 세상에 주는 것은 빛! 희망! 따스함! 행복이다! 우리는 영원히 너와 공산주의 사업을 위해 싸우리라, 우리는 너의 것이니"(145면) 대목 이하를 삭제해달라고 요청했다. 지면에 제약이 있기 때문이라는 이유를 들었는데, 딩링은 이 요구를 받아들이지 않고 게재를 거부했으며 그러한 요구를 시류에 영합하는 것으로 보았다. 그녀는 「두완샹」을 수정 없이 출판해야 하는 이유를 "내가 「두완샹」을 너무 사랑해서가 아니라 인민에게 더욱 「두완샹」과 같은 정신이 필요하기 때문"이라고 밝혔다.

딩링이 삭제를 요청받은 부분은 작품의 전반부에서 기술한 내용의 중복으로 당을 노골적으로 찬미하는 내용이다. 예민하고 강단 있는 딩링이 왜 그렇게 썼을까? 옌안으로 온 후 딩링은 일관되게 현실에 밀착하여 그 속에서 미래의 희망을 읽어내고자 했다. 1941년에 그녀는 '해방구'에서 겪은 사년간의 경험을 총괄하며 '낙관적인 결말을 통해 집체적인 노력을 적극적으로 지원하는 것이 작가의 의무라고 생각'한다는 글을 남겼다. 이 원칙은 1955년에 비판을 받기 전까지 그녀의 활동에서 최우선으로 간주되었다. 그러나 이십여년간 고독과 억울함을 감내한 뒤 그러한 사명감은 딩링으로 하여금 시대 변화를 내심 환영하면서도 공식적으로는 다른 선택을 하도록 만들었다. 그 결과 오늘날 우리가 읽는 「두완샹」에 "영명하고 위대한 당이여! (…) 우리는 너의 것이니!"라는 구절이 원본 그대로 고스란히 실렸으며, 이는 지식인으로서의 부채의식을 덜고 외부로부터 사상적 순결을 인정받고자 하는 딩링의 욕구를 드러낸 것으로 평가되고 있다. 작품을 선별하여 출간한 것은 딩링이었으나 작품을 '선택'한 것은 독자였다. 그녀는 1979년에 「두완샹」과 함께 수필 형식으로 베이다황에서 노동개조를 당할 때의 경험과 소감을 쓴 『외양간 소품』을 발표하였는데 예상치 못하게 후자가 '시월(十月)문학상'을 받았다. 독자의 반응에 당혹한 그녀는 이렇게 자문하였다.

나는 원래 나 자신의 이야기를 쓸 생각이 없었지만 다른 동지가 쓴 외양간 생활, 부부간의 애정, 생사이별의 산문을 읽고 마음에 느끼는 바가 있어 붓을 들어 한번 써보았다. (…) 내가 정말로 내 작품을 이해하지 못한단 말인가? (…) 오늘도 계속 고민해보았지만 나는 마땅히 「두완샹」을 견지해야 하고 『외양간 소품』을 써서는 안된다고 생각한다.

안타까울 정도로 지식인으로서의 부담과 초조함이 느껴지는 대목이다. 그러면 그녀가 '마음에 느끼는 바가 있어서' 쓴 글이란 어떤 것이었는가? 『외양간 소품』에는 1970년, 연하의 남편 천밍(陳明)과 따로 수감되어 독방에 갇힌 딩링의 독백이 실려 있다. "(삼십년 전의 자신을 회상하며) 지금 나는 이런 무언의, 활력에 넘치는 지지를 얼마나 목말라하는가? 하지만 이런 지지는 지금 금방이라도 무너져버릴 것만 같은 나에게, 삼십년 전보다 백만 배나 필요하

다, 백만 배나 중요하다고!" 같은 시기에 발표된 『외양간 소품』과
「두완샹」, 이 두 글이 보여주는 간극은 딩링이 지식인으로서 가졌
던 강박을 떠나서는 이해하기 어렵다. 그녀가 밝힌 「두완샹」의 창
작 동기가 그것을 설명해준다.

개간지 생활을 한 지 육년 남짓 되었을 때, 나는 지금의 새 농장으
로 오게 되었다. 지속적으로 생활 속으로 깊이 들어가고 군중과 폭넓
게 접촉하면서 자신의 비(非)프롤레타리아적인 정서와 감정을 개조
하고 있었는데, 때마침 이처럼 선진적이고 진정으로 영웅적 인물이
주위에 있어서 나 자신이 학습할 수 있는 좋은 기회라는 생각이 들었
다. 나는 그녀를 훌륭한 스승으로 삼아 배우려는 자세로 그녀에게 다
가갔다.

서북의 고원지대에서 자란 시골 소녀가 인민대회당에서 강연할
정도로 발전했다는 두완샹의 성공담은 사회주의적 도덕을 주장하
는 '이상형'을 형상화한 것이다. 그러나 바로 이 목적의식 때문에
작품은 공감을 불러일으키지 못한다. 고아나 다름없는 두완샹이
열세살 나이에 조혼하고 남편이 한국전쟁에 참전한 사년이란 기간
을 홀로 시댁에서 보냈던 시간을 딩링은 '한 사람 몫의 일을 톡톡
히 해내는 노동으로 단련된 시기'로 표현하고, 문화대혁명 기간에
비판 대상이 된 두완샹의 내면과 인간적인 고통이 어디에도 드러
나 있지 않기 때문이다. 이러한 딩링의 인물묘사는 비록 개방 이후

에 창작되어 시차가 있기는 하나, 유사한 시기를 배경으로 여성 모범노동자를 그린 조선족 작가 림원춘(林元春)의 장편소설 『족보』에 등장하는 여성 주인공과는 구별된다.

『족보』의 주인공 허인숙은 신혼 초에 남편이 한국전쟁에 참전하게 되어 홀로 남겨진 인물로, 교과서에까지 실린 모범노동자였지만 외로움에 못 이겨 충직한 동료 간부인 강촌장과 가까워져 그의 아이를 출산한다. 이 일로 모범노동자 지위를 상실하고 민족의 명예가 실추될 것을 우려한 조선족 고위 간부는 그녀에게 비밀리에 출산하도록 강권하고 아이를 평생 찾지 않겠다는 서약을 하게 한다. 그러고는 그녀의 아이를 입양시킨 다음, 사람들의 눈을 속여 그녀를 고향으로 복귀시킨다. 그러나 문화대혁명 시기에 외도 사실이 알려져 그녀는 '갈보'라고 쓰인 팻말을 걸고 이년 동안 거리비판을 받게 되고, 허인숙은 자신이 '모범노동자'란 칭호에 연연하여 자식을 버렸던 것을 통한한다. 이와 비교할 때, 두완상은 성적 욕구도 사적 욕망도 느끼지 못하는, 오로지 고난을 극복하는 의지의 화신으로 미화되어 있다. 지식인으로서의 자기 존재에 대한 딩링의 부채감이 역으로 노동자인 두완상을 미화하게 만든 것이다.

딩링의 작품에 대한 동시대인들의 독법은 다양하다. 재외 중국인 학자인 멍웨(孟悅)는 딩링 작품의 생명력이 1942년의 '강화'를 기점으로 사라졌다고 본다. 멍웨는 공산당 통치하에서 여성은 심리적 특징과 경험을 지닌 '존재'로 받아들여지지 않고, 단지 기대되는 '역할'로만 허용되었다고 본다. 따라서 1942년 이후로 딩링은 여성의 존재적 특징을 작품화할 수 없었다고 보며 역으로 국민당 통치 지역에서는 여성의 '존재'적 특성을 인정했기 때문에 여성 특유의 심리와 경험을 독특하게 표현한 장아이링(張愛玲)과 같은 여성주의 작품이 꽃필 수 있었다고 해석한다.

반면, 프랑스 68혁명 세대로 마오쩌둥의 중국혁명에 관심을 가졌던 줄리아 크리스떼바(Julia Kristeva)는 사회주의 시기의 중국 여성이 '성적 차이의 소실' 과정에서 얻은 게 있다고 본다. 그녀는 '정치경제적 권력의 연합 속에서 그녀도 지도적 지위를 획득했으며 이것은 유사 이래 존재한 적이 없었던 최고의 권위'였다고 평하였는데 이러한 평가는 '두완샹'과 같은 사회주의 시기의 모범적 여성상을 다시 읽을 필요성을 느끼게 한다. 한편에서는 부정과 극복의 대상으로, 다른 한편에서는 '또 하나의 모델'로 인정되는 딩링의 작품세계는 어떻게 읽혀야 하는 것일까.

시장주의 개혁 삼십년을 비판적으로 성찰하는 중국의 한 문화연구가는 위 질문을 이렇게 바꾸어 다시 문제를 던진다. '시장이 만들어낸 소비와 욕망의 포로가 된 2000년대의 중국 사회를 성찰하기 위해서는 새로운 '문화' 개념이 필요하다, 우리는 그런 문제의식으로 문화대혁명 시기의 문화운동을 왜 오늘날의 문화연구와 동등한 '문화연구' 대상으로 다룰 수 없는가'라고. 항일전쟁 시기부터 개혁·개방 초기에 이르는 기간에 창작된 딩링의 작품은 오늘날까지 그 명성만큼이나 예술성과 정치성이라는 기준에 의하여 다기한 평가를 받아왔다. 위 문화연구가의 제언처럼 독자들이 이 단

편집을 읽는 즐거움 속에서 새로운 삶의 방식을 상상하는 계기를
만나길 소망한다.

김미란(성공회대 동아시아연구소 HK교수)

김미란(성공회대 동아시아연구소 HK교수)

1904년	10월 12일, 후난 성 창더 외가에서 태어나다. 본명은 장웨이(蔣偉), 자는 빙즈(氷之), 문학 창작을 하면서부터 딩링(丁玲), 빈즈(彬芝) 등의 필명을 쓰다. 부친 장바오첸(蔣保黔)은 청 말의 수재로 일본 유학을 다녀왔으며 모친 위만정(余曼貞)은 학식 있는 집안 출신으로 출가 후 성을 장(蔣)씨로 바꾸고 이름을 성메이(勝眉), 자를 무탕(慕唐)이라 하다.
1908년	부친이 병사하고 집안이 몰락하다.
1909년	모친을 따라 창더 현의 외숙부 집으로 이사 가다.
1910년	창더 여자학당에 입학하여 유치반에 다니다.
1912년	창사의 후난 성립 제일여자사범학교에 가서 소학교 2학년까지 다

니다.

1914년   모친이 타오위안 현립 여자소학교에서 교편을 잡고 딩링도 전학
하여 어머니와 함께 지내다.

1918년   봄, 남동생 장종다(蔣宗大)가 병으로 죽다.

1919년   봄, 5·4운동의 영향이 타오위안의 여자사범학교에까지 미쳐 시위
와 강연에 참여하고 머리를 자르다. 가을, 창사의 저우난 여자중
고등학교로 전학하다.

1921년   봄, 학교 측이 진보적인 교사 천치민(陳啓民)을 해고하자 항의하
는 뜻으로 자퇴하다.

1922년   봄, 사촌 오빠와의 약혼을 파기하고 상하이의 평민여학교에 입학
하다. 가을, 상하이를 떠나 난징에서 독학하다.

1923년   여름, 난징에서 취추바이(瞿秋白)를 만나다. 취의 소개로 왕젠훙
(王劍虹)과 함께 상하이로 돌아가 상하이 대학에서 공부하다.

1924년   절친한 벗인 왕젠훙이 세상을 뜨자 상하이를 떠나 베이징으로 유
학 가다. 가난한 하숙 생활을 하며 베이징 대학 등에서 문학 과목
을 청강하고, 수학 보충학원에 다니면서 개인 화실에서 미술 지도
를 받다.

1925년   4월, 딩링이라는 이름으로 루쉰(魯迅)에게 편지를 보내 인생의 고
민을 호소하고 지도를 요청하다. 루쉰은 보수 진영의 가명 편지로
간주해 답장을 보내지 않은 채, 일기에 '딩링의 편지를 받다'고 기
록하다. 가을, 후예핀(胡也頻)과 결혼하다. 플로베르의 『보바리 부
인』과 같은 서양 문학을 섭렵하다.

1926년   봄, 후예핀과 함께 상하이로 가서 영화배우가 되기 위해 스타영
          화사에 입단하였으나 뜻이 맞지 않아 그만두다. 여름, 베이징으로
          돌아오다.

1927년   가을, 베이징에서 소설 『멍커(夢珂)』를 창작하여 딩링이란 이름으
          로 발표하다. 겨울, 출세작 『쏘피의 일기(莎菲女士的日記)』를 완성
          하다.

1928년   2월, 『쏘피의 일기』를 발표하다. 10월, 단편을 모아 『어둠 속에서
          (在黑暗中)』를 출판하다.

1929년   후예핀, 선충원(沈從文)과 함께 훙헤이(紅黑)출판사를 설립하여 월
          간지 『훙헤이』와 『인간(人間)』을 펴내다. 겨울, 취추바이를 모델로
          한 중편 『웨이후(韋護)』를 쓰다.

1930년   연초, 『웨이후』를 『소설월보(小說月報)』에 연재하다. 5월, 당국의
          통보를 받은 후예핀과 함께 상하이로 돌아와 중국좌익작가연맹
          (좌련)에 가입하다. 가을과 겨울, 『1930년 봄 상하이(一九三O春上
          海)』 1, 2를 쓰다. 11월 8일, 아들 장주린(蔣祖林) 태어나다.

1931년   1월 17일, 후예핀이 국민당에 체포되다. 딩링의 구명운동은 실패
          하고 2월 7일, 예핀은 상하이의 룽화에서 처형되다. 4월, 아기를
          후난의 어머니에게 보내고 상하이로 돌아와 혁명문학 활동을 지
          속하다. 9월, 딩링이 주편하는 좌익 간행물 『베이더우(北斗)』가 창
          간되고 중편소설 『물(水)』 연재를 시작하다. 11월, 공산당원인 펑
          다(馮達)와 동거하다.

1932년   3월, 양한성(陽翰笙)의 소개로 중국공산당에 입당하다. 5월, 장편

소설 『어머니(母親)』를 연재하다.

1933년　5월 14일, 펑다가 근거지를 누설하여 국민당 첩보원들에게 체포되다. 좌련과 진보적 문예계가 딩링 구명운동을 벌이다.

1934년　국민당에 의해 난징에 구금되다. 10월 3일, 딸 장주후이(蔣祖慧) 태어나다.

1936년　9월, 당의 도움으로 산베이으로 가다. 가는 도중 시안에서 에드거 스노우(Edgar Snow)와 애그니스 스메들리(Agnes Smedley)를 만나다. 연금 생활 후반기에 창작한 작품을 『의외집(意外集)』으로 펴내다. 10월 20일, 루쉰이 서거했다는 소식을 듣고 쉬광핑(許廣平)에게 애도의 편지를 보내다. 11월 10일, 쏘비에뜨 정부가 있는 바오안에 도착하다.

1937년　「발사되지 않은 총알 하나(一顆未出膛的槍彈)」를 쓰다. 8월, 서북전지단 주임 자격으로 단원을 이끌고 산시의 항일전선으로 가다. 일 년 동안 산문 「기촌의 밤(冀村的夜)」 「펀양으로 가다(臨汾)」를 쓰다.

1939년　1월, 병으로 입원하다. 이 체험을 토대로 반년 뒤에 「병원에서(在醫院中)」 쓰다.

1940년　봄, 산간닝변구문화협회(陝甘寧邊區文協) 주임으로 뽑히다. 4월, 중국공산당 중앙조직부가 딩링의 난징 수감 생활을 심사하다. 단편 「내가 안개마을에 있을 때(我在霞村的時候)」를 쓰다.

1941년　1월, 중앙조직부가 연금 심사를 마치고 '여전히 당과 혁명에 충실한 공산당원으로 인정된다'는 결과를 통보하다. 4월, 『해방일보(解放日報)』 문예란 주편을 맡다.

1942년   2월 『해방일보』를 그만두고 창작에 전념하다. 같은 달, 천밍(陳明)
과 결혼하다. 3월, 수필 「3·8절 소감」을 써서 3월 9일자 『해방일
보』 문예란에 발표하다. 5월, 마오쩌둥이 주관하는 옌안 문예좌담
회에 참석하다.

1943년   중앙당학교에서 간부심사운동에 참가하다.

1944년   4월, 변방 지역문협으로 발령 나 창작에 전념하다. 5월, 농촌을 방
문하다. 6월, 변방의 합작사 회의에 참석한 뒤 보고문학 작품인
『톈바오린(田保霖)』을 써서 마오쩌둥에게 칭송받다.

1946년   7월, 토지개혁단에 참가하여 화이라이와 줘루 현에서 토지개혁사
업을 하다. 11월, 『태양은 쌍간 강을 비추고(太陽照在桑乾河上)』를
쓰기 시작하다.

1948년   『태양은 쌍간 강을 비추고』를 6월에 탈고하고, 9월에 출간하다.
11월, 모스끄바의 세계민주여성연합 제2차 대표대회에 참석하다.

1949년   4월, 프라하의 세계평화수호대회에 참석했다가 6월에 귀국하다.
9월, 『문예보(文藝報)』 주편이 되다.

1950년   봄, 전국문혁 당 조직 서기, 상무부 주석을 역임하다. 중앙문학연
구소(中央文學硏究所)를 열고 소장으로 부임하여 청년 작가를 길
러내다. 4월, 칭화 대학을 방문하여 「청년의 연애문제(靑年的戀愛
問題)」를 강연하다. 친구인 스메들리가 사망하자 애도사를 쓰다.
『중국청년(中國靑年)』의 요청으로 「지식인이 하향했을 때의 문제
(知識分子下鄕中的問題)」를 쓰다. 산문 「모스끄바──내 마음속의
시(莫斯科──我心中的詩)」를 쓰다. 후예편의 소설집 서언인 「한 진

실한 사람의 인생 — 후예핀을 기억하며(一個眞實人的人生 — 記胡
也頻)」를 쓰다.

1951년 산문집『유럽여행기(歐行散記)』를 출간하다.

1952년 『태양은 쌍간 강을 비추고』가 스딸린문학상 이등상을 수상하고 6
월, 베이징 주재 쏘련대사관에서 수상식을 거행하다. 상금 5만 루
피를 전국부녀아동복지위원회에 기부하다. 10월, 중앙선전부와
문협 일을 사임하고 다렌에서 요양을 하다.

1955년 8월, 중국작가협회 당 조직이 확대회의를 개최하여 '딩링·천치샤
(陳企霞)의 반당 활동'을 비판하다.

1956년 봄, 장편소설『혹한의 세월 속에서(在嚴寒的日子裏)』를 개작하다.
'반당 집단 사건'의 부당함을 당에 호소하고 변론을 요청하다.

1957년 6월, 중앙선전부가 재조사를 위한 확대회의를 소집하여 착오를
규명할 준비를 하다. 7월, 전국적인 반우파 투쟁이 시작되자 우파
로 분류되어 수차례에 걸친 비판을 받다.

1958년 헤이룽장 자무쓰 농지간척사업국 소속의 탕위안과 위취안 농장
에서 육체노동을 하다. 문화대혁명 기간에는 '외양간'(牛棚)이라
불리는 오두막으로 보내져 심한 고통을 겪다.

1970년 베이징의 친청 교도소에 수감되어 오년간 복역하다. 옥중에서
『맑스·엥겔스 전집』을 완독하다.

1975년 출옥하여 산시 성의 창즈 시 근교로 보내지다. 오랜 고된 생활로
요통과 당뇨병에 시달렸으나『혹한의 세월 속에서』창작을 지속
하다.

1978년   4월, 우파 누명을 벗다. 보고문학 「두완샹(杜晩香)」을 수정하다.

1979년   입원한 상태에서 산문집 『외양간 소품(牛棚小品)』을 쓰다. 10월,
전국작가협회 부주석으로 뽑히다.

1980년   당적과 정치적 명예를 회복하다.

1981년   9~12월, 미국 아이오와 대학 국제작가쎈터의 초청으로 미국을 방
문하다.

1984년   샤먼에서 요양을 하면서 샤먼 대학의 '딩링 창작토론회'에서 발
표하다.

1985년   문학 격월간지 『중국(中國)』을 창간하다.

1986년   3월 4일, 세상을 뜨다. 바바오산 혁명공동묘지에서 유체고별식이
거행되다.

고전의 새로운 기준, 창비세계문학

오늘날 우리는 인간의 존엄과 개성이 매몰되어가는 시대를 살고 있다. 물질만능과 승자독식을 강요하는 자본주의가 전지구적으로 확산되면서 현대사회는 더 황폐해지고 삶의 질은 크게 훼손되었다. 경제성장만이 최고의 선으로 인정되고 상업주의에 물든 문화소비가 삶을 지배할수록 문학은 점점 더 변방으로 밀려나고 있다. 삶의 본질을 성찰하는 문학의 자리가 위축되는 세계에서는 가진 자와 못 가진 자 할 것 없이 모두가 불행할 수밖에 없다.

이 시대야말로 인간답게 산다는 것의 의미가 무엇인지 근본적인 화두를 다시 던지고 사유의 모험을 떠나야 할 때다. 우리는 그 여정에 반드시 필요한 벗과 스승이 다름 아닌 세계문학의 고전이라는 점을 강조한다. 고전에는 다양한 전통과 문화를 쌓아올린 공동체의 경험이 녹아들어 있고, 세계와 존재에 대한 탁월한 개인들의 치열한 탐색이 기록되어 있으며, 새로운 세상을 꿈꾸는 아름다운 도전과 눈물이 아로새겨 있기 때문이다. 이 무궁무진한 상상력의 보고이자 살아 있는 문화유산을 되새길 때만 개인의 일상에서 참다운 인간적 가치를 실현하고 근대적 삶의 의미와 한계를 성찰하는 지혜를 얻을 수 있을 것이다.

'창비세계문학'은 이러한 문제의식에서 출발한다. 세계문학의 참의미를 되새겨 '지금 여기'의 관점으로 우리의 정전을 재구성해야 할 필요성이 그 어느 때보다 절실하다. '정전'이란 본디 고정된 목록으로 존재하는 것이 아니라 그때그때 주어진 처소에서 새롭게 재구성됨으로써 생명을 이어가는 것이다. 우리는 먼저 전세계 문학들의 다양성과 차이를 존중하면서 국가와 민족, 언어의 경계를 넘어 보편적 가치에 기여할 수 있는 가능성에 주목하고자 한다. 근대를 깊이 성찰한 서양문학뿐 아니라 아시아와 라틴아메리카, 중동과 아프리카 등 비서구권 문학의 성취를 발굴하고 재평가하는 것 역시 세계문학의 지형도를 다시 그리려는 창비의 필수적인 작업이 될 것이다.

여러 전집들이 나와 있는 세계문학 시장에서 '창비세계문학'은 세계문학 독서의 새로운 기준이 되고자 한다. 참신하고 폭넓으면서도 엄정한 기획, 원작의 의도와 문체를 살려내는 적확하고 충실한 번역, 그리고 완성도 높은 책의 품질이 그 기초이다. 독서시장을 왜곡하는 값싼 유행과 상업주의에 맞서 문학정신을 굳건히 세우며, 안팎의 조언과 비판에 귀 기울이고 독자들과 꾸준히 소통하면서 진정 이 시대가 요구하는 세계문학이 무엇인지 되묻고 갱신해나갈 것이다.

1966년 계간 『창작과비평』을 창간한 이래 한국문학을 풍성하게 하고 민족문학과 세계문학 담론을 주도해온 창비가 오직 좋은 책으로 독자와 함께해왔듯, '창비세계문학' 역시 그러한 항심을 지켜나갈 것이다. '창비세계문학'이 다른 시공간에서 우리와 닮은 삶을 만나게 해주고, 가보지 못한 길을 걷게 하며, 그 길 끝에서 새로운 길을 열어주기를 소망한다. 또한 무한경쟁에 내몰린 젊은이와 청소년들에게 삶의 소중함과 기쁨을 일깨워주기를 바란다. 목록을 쌓아갈수록 '창비세계문학'이 독자들의 사랑으로 무르익고 그 감동이 세대를 넘나들며 이어진다면 더없는 보람이겠다.

2012년 가을
창비세계문학 기획위원회

창비세계문학 6

내가 안개마을에 있을 때

초판 1쇄 발행 / 2012년 10월 5일

지은이 / 딩링
옮긴이 / 김미란
펴낸이 / 강일우
책임편집 / 권은경
펴낸곳 / (주)창비
등록 / 1986년 8월 5일 제85호
주소 / 413-120 경기도 파주시 회동길 184
전화 / 031-955-3333
팩시밀리 / 영업 031-955-3399 편집 031-955-3400
홈페이지 / www.changbi.com
전자우편 / lit@changbi.com

ⓒ 김미란 2012

ISBN 978-89-364-6406-6 03820